그토록 가지고 싶은 문장들

## 그토록 가지고 싶은 문장들

지은이   신정일
펴낸이   최승구
펴낸곳   세종서적(주)

편집인   박숙정
편집장   강훈
책임편집   정은미
기획·편집   윤혜자 이진아
디자인   조정윤
마케팅   김용환 김형진 황선영
경영지원   홍성우

출판등록   1992년 3월 4일 제4-172호
주소   서울시 광진구 천호대로 132길 15 3층
전화   영업 (02)778-4179, 편집 (02)775-7011
팩스   (02)776-4013
홈페이지   www.sejongbooks.co.kr
블로그   sejongbook.blog.me
페이스북   www.facebook.com/sejongbooks
원고 모집   sejong.edit@gmail.com

초판 1쇄 인쇄   2016년 4월 20일
      1쇄 발행   2016년 4월 28일

ISBN 978-89-8407-555-9 03810

ⓒ 신정일

이 도서의 국립중앙도서관 출판시도서목록(CIP)은 서지정보유통지원시스템
홈페이지(http://seoji.nl.go.kr)와 국가자료공동목록시스템(http://www.nl.go.kr/kolisnet)에서
이용하실 수 있습니다.(CIP제어번호: CIP2016009631)

• 잘못 만들어진 책은 바꾸어드립니다.
• 값은 뒤표지에 있습니다.

책 숲에서 건져 올린 한 줄의 힘

신정일 지음

그토록 가지고 싶은 문장들

세종
서적

**책을 내며**

# 나를 살게 한 문장들

젊은 시절부터 수많은 사람들에게서 들었던 말이 있습니다. "어떻게 그렇게 기억력이 좋으냐?", "다른 사람의 글을 어떻게 그렇게 정확하게 인용할 수 있느냐?"입니다. 그때마다 나는 궁색한 대답을 해왔습니다. "어젯밤 오늘 대답할 말을 외우느라 한숨도 자지 못했다" 그리고 "그 책을 연애하듯 읽었다"라고 말입니다.

어떤 이는 이렇게 말하기도 합니다. "그런 구절을 아는 사람이 없으니, 누구의 글이라고 밝히지 말고 선생님의 글처럼 말하고 쓰시라"고 말이죠. 그러면 나는 이렇게 대답했습니다. "책에서 발견한 좋은 문장들은 내 가슴속으로 촉촉이 스며들어와 목마른 영혼에 기적과 같은 자양분을 줍니다. 그 문장을 쓰신 분들을 일일이 만나지는 못했지만, 나에게는 시공을 뛰어넘어 사숙私淑한 진정한

4

선생님들입니다. 나는 그 문장들을 읽을 때마다 그분들에게 표현할 수 없는 고마움을 느낍니다." 그런 의미에서 나에게는 동서고금의 수많은 현인들, 문사철文史哲을 두루 아우르는 스승들이 너무도 많습니다. 한마디로 나는 스승 복이 너무 많은 사람입니다.

이렇게 한 사람의 영혼을 뒤흔들기도 하고 운명을 바꾸기도 하는 의미심장한 한 문장은 그냥 나오는 것이 아닙니다. 뼈를 깎는 고통과 절망을 견디며 캄캄한 어둠 속을 헤매기도 하고, 일엽편주에 온몸을 맡긴 채 대양을 떠돈 뒤에야 얻을 수 있습니다. 좋은 문장은 프란츠 카프카의 말처럼 '도끼로 두개골을 내려치듯' 강한 충격을 동반하면서 우리의 가슴속으로 들어옵니다. 그렇게 들어온 명문장은 가슴속에 내재되어 절대 나가지 않습니다.

"강하게 살아남으라. 한 치의 타협도 없이." 앙드레 말로의 『인간의 조건』에 나오는 말입니다. 나는 절망의 바다에서 허우적거리며 자살을 꿈꾸었다가 이 구절을 생각하며 견디어냈습니다. 또 몸과 마음이 나태해지고 세상과 타협하고 싶을 때 섬광처럼 나타나 자신을 호되게 질타한 구절도 많습니다. 이러한 말과 글이 이날 이때까지 나를 살아 있게 했습니다.

그렇다면 진정으로 좋은 문장이란 무엇일까요? 헨리 데이비드 소로의 1851년 11월 12일자 일기에는 좋은 문장을 쓰는 방법이 세부적으로 묘사되어 있습니다. "긴 글을 쓰기보다는 다양한 주제의 짧은 글들을 자주 쓰는 편이 좋다. 공중에서 제비를 돌며 빈약한 재주를 너무 오랫동안 뽐내려 하다가는 결국 머리만 다친다. 안타이오스처럼 너무 오랫동안 땅을 떠나 있지 말라. 삶이라는 탄력의 마루에 살짝 발끝을 대고 여러 차례 뜀을 뛰듯이 그렇게 글을 써라. 땅에 떨어진 한 알의 열매나 열매 속의 배아와 같은 문장을 써라. 그런 문장이 좋은 문장이다. 흙과 빛으로 양육할 수 있는 식물들을 되도록 많이 심어라. 되도록이면 자주 뜀을 뛰어라. 문장은 그 후에 등을 벽에 기댔을 때 나타난다." 그만큼 기본을 튼튼히 만든 후에 글을 쓰라는 말입니다.

고려 때의 문장가인 이인로도 『파한집破閑集』에서 문장에 대해 이야기했습니다. "천하의 일은 귀천과 높낮이로 삼은 것이 아니요, 오직 문장일 뿐이다. 좋은 문장의 글은 해와 달이 하늘에 빛나는 것과 같고, 구름과 연기가 공중에 모이고 흩어지는 것과 같다."

이처럼 어린 시절부터 지금까지 읽었던 수만 권의 책 중에서 나를 담금질했던 글은 너무나 많습니다. "그대들의 눈에 비치는 사물들이 순간마다 새롭기를, 현자란 바라보는 모든 것에 경탄하는 사람이다." 앙드레 지드의 『지상의 양식』에 나오는 문장입니다. 이 세상에서 만나는 사물들과 사람들은 모두 기적이므로 매순간 경탄하는 것이 바로 현자가 되는 지름길이라는 이야기입니다. "간담이 서늘하리만큼 기묘한 요소가 사물들에 숨어 있다"고 말한

H.G. 웰스의 말이나 "자기 세계를 좁히는 대신 최후엔 전 세계를 자기 영혼 가운데에 포괄하지 않으면 안 된다"라고 한 헤르만 헤세의 말, 그리고 "감각을 질서 있게 혼란시킨다"는 랭보의 말은 내 가슴에 적지 않은 파문을 던졌습니다.

이런 수많은 글 중에 나를 살게 하고 지탱하게 했던 말 중에 하나는 도스토옙스키의 『카라마조프 가의 형제들』에 실린 큰 아들 드미트리의 말이었습니다. "우리는 수백만 금슓을 원하는 것이 아니라 자기 자신의 의문에 대한 해답을 구하는 사람들 중에 한 사람이 되고 싶은 것입니다." 현대인들이 바라고 꿈꾸는 돈, 그 돈만 있으면 세상에 그 어떤 일이라도 가능하다는 생각은 예나 지금이나 비슷합니다. 하지만 나는 인생에서 이보다 더 중요한 것이 있다고 믿습니다. 드미트리의 말처럼 '자기 자신의 의문에 대한 해답'을 찾는 것입니다. 영문도 모르고 태어났다가 돌아가는 인생에서 "나는 누구인가? 나는 어디까지 왔고, 어디로 가고 있는가?"만큼 궁극적인 질문이 있을까요? 우리는 평생 이 질문에 대한 해답을 찾습니다.

제 경험에 비추어봤을 때 이 질문에 대한 해답들은 책에 있습니다. 주제와 형식은 다를지 모르지만 책을 쓰는 모든 작가들은 인생을 사는 이유와 목적에 대한 나름의 해답을 제시합니다. 그래서 우리는 책에 담긴 그들의 목소리에 귀를 기울입니다. 저 역시 이 질문에 대한 해답을 책 속에서 찾았습니다. 그리고 이 책은 지금까지 내가 발견한 해답들을 모은 것입니다. 이 책을 읽는 독자들이 저처럼 가슴에 새기고픈 문장들을 발견하길 바랍니다. 그래서 거친 인생 속에서도 자신을 잃지 않고 굳건히 살아가길 기원합니다.

온전한 땅, 전주에서
신정일

# 차례

## 1부   번민으로
##       잠 못 이루는
##       당신에게

## 2부　냉혹한 세상 속 당신에게

## 3부 　진정한 행복을
### 　　　　꿈꾸는
### 　　　　당신에게

**4부**  인생의
참된 의미를 찾는
당신에게

1부

번민으로
잠 못 이루는
당신에게

# 아름다움을 보는 능력을 가진 사람은
# 늙지 않는 법입니다

구스타프 야누흐의 『카프카와의 대화』 중에서

우리는 대부분 청춘을 찬양하고, 늙음을 한탄합니다. 하지만 누구나 젊은이에서 노인이 됩니다. 돈으로도 권력으로도 '영원한 젊음'을 살 수는 없습니다. 그렇다면 우리에게 남은 방법은 늙어감을 그저 받아들이는 것일까요? 이에 대해 소설가 프란츠 카프카는 젊음에 대한 새로운 정의를 내립니다.

구스타프 야누흐는 프란츠 카프카에게 소설 『화부火夫』에 대해 물었다.

"이 소설에는 많은 햇빛과 좋은 기분이 깃들어 있습니다. 비록 애정에 관한 얘기는 없지만."

"그것은 소설 가운데 있는 것이 아니라 소설의 대상, 즉 청춘 가운데 있습니다."

프란츠 카프카는 이어서 진지하게 말했다.

"청춘은 햇빛과 사랑으로 차 있는 것입니다. 청춘은 행복합니다. 아름다움을 볼 수 있는 능력을 가지고 있기 때문입니다. 그러나 이 능력이 상실되면 위안 없는 노년과 몰락, 그리고 불행이 시작되는 것입니다."

"그렇다면 노년이 모든 행복의 가능성을 몰아내는군요."

"그렇지 않습니다. 행복이 노년을 몰아냅니다."

미소를 머금고 그는 마치 치켜진 양어깨 사이에 머리를 숨기려는 듯이 머리를 앞으로 숙였다.

"아름다움을 보는 능력을 가진 사람은 늙지 않는 법입니다."

그의 미소와 자세와 음성은 마치 조용하고 만족해하는 소년을 방불케 하였다.


"청춘이란 겉으로 보기엔 현란한 것 같지만 속은 텅 빈 것"이라고 말한 도스토옙스키의 말과 달리 카프카는 "청춘은 아름다움을 볼 수 있는 능력이 있는 시절"이라고 말합니다. 그리고 그러한 능력을 갖춘 사람답게 소년처럼 미소를 짓고 있습니다. 그렇습니다. 카프카의 말처럼 아름다움을 보는 능력을 갖추면 언제나 소년 소녀처럼 행복하게 순간순간을 살아갈 수 있습니다. 정신의 나이가 얼굴의 나이를 이기는 것입니다. '아름다운 노년', '나이 듦의 미학'이라는 말도 아마 이런 뜻일 것입니다.

하지만 어떤 사람들은 나이가 들수록 마음이 좁아집니다. 그리고 그런 사람들을 보고 있으면 나도 저렇게 되지 않을까 염려가 되기도 합니다. 그렇다면 지금부터라도 주변에서 하루에 하나씩 아름다운 것들을 찾아내서 기록해보는 것은 어떨까요? 마치 일기처럼 말입니다. 그렇다면 그 일기는 거꾸로 나이를 먹게 해주는 일기장이 될 것입니다. 일기 일 년 치가 모이면 우리는 그동안 일 년이나 젊어진 것입니다.

지금은 온 천지가 다 아름다운 계절, 봄입니다. 문을 열고 나가십시오. 이 계절엔 어딜 가거나 온갖 꽃들이 무리 지어 피고, 연둣빛 나뭇잎들이 미세한 바람결에 흔들리고 있을 것입니다. 그 풍경 속으로 들어가면 마치 당신을 기다리고 있었다는 듯이 우수수 꽃잎이 떨어질 것입니다. 그때 그 순간에 당신 역시 자연 속의 일부가 되어 청춘의 아름다움을 되찾을지도 모릅니다.

## 근심할 것과 근심하지 말 것을 분별케 하소서,
## 조용히 앉아 있기를 가르쳐주소서

T. S. 엘리엇의 「성회 수요일」 중에서


혼자 있으면 여러 가지 생각들이 한꺼번에 밀려올 때가 있습니다. 과거에 얽매어 때늦은 후회와 미련이 떠오르기도 하고, 오지 않을 미래에 대한 염려가 쏟아져 내리기도 합니다. 이처럼 부질없는 생각들이 우리의 마음을 괴롭히고 있는 동안에는 가만히 있어도 결코 평화롭지 못합니다. 계속해서 마음을 괴롭히고 있기 때문입니다. 사람들은 헛된 일인 줄 알면서도 생각하기를 쉽게 멈추지 못합니다. 이럴 때는 T. S. 엘리엇의 「성회聖灰 수요일」의 구절들이 가슴을 채워줍니다.


다시 돌아가길 바라지 않기에

바라지 않기에

돌아가길 바라지 않기에

......

나는 기도합니다, 너무도 많이

자신과 논쟁하고 자신에게 설명한 문제를 잊게 하소서.
......
근심할 것과 근심하지 말 것을 분별케 하소서,
조용히 앉아 있기를 가르쳐주소서.

지나버린 세월에 대한 후회와 부질없는 생각들을 멈춰주는 좋은 구절입니다. 어쩌면 우리네 인생은 지나간 것들에 대한 진정한 헤어짐을 받아들이는 과정일지도 모릅니다. 그렇기에 우리 앞에 놓인 갖가지 선택 중에 우리가 골랐던 것에 충실하고 나머지 것에 대해서는 과감하게 내려놓는 것이 현명한 자세입니다. 그리고 변화하는 모든 것들을 있는 그대로 바라보는 눈을 가져야 할 것입니다.

프랜시스 베이컨은 "전쟁과 피하기 어려운 죽음에 직면해서—아타락시아—조용한 마음으로 만사를 방관하는 이외의 나은 지혜는 없다"고 말했습니다. 로세르토 후아로스도 "아무것도 하지 않는 것, 그것이 가끔은 세상의 균형을 유지시켜준다"고 말했습니다. 이처럼 가만히 바라보는 것, 무심히 바라보는 것은 우리에게 평화를 가져다줍니다.

생텍쥐페리의 『어린 왕자』에는 이런 구절이 있습니다. "아주 참을성이 많아야 해. …… 내게서 좀 떨어져서 그렇게 풀 위에 앉아 있어. 내가 곁눈으로 너를 볼 테니 너는 아무 말도 하지 마. 그러나 매일 조금씩 더 가까이 앉을 수 있을 거야." 여기에 덧붙여 니체는 "아직 나는 살아 있으며, 생각하고 있다. 아직 나는 살아야 한다. 아직 나는 살아야 하기 때문에 이후로 나는 언제나 긍정하는 사람이고자 한다"고 말했습니다.

나는 오늘 '아주 천천히 생각하기' 그리고 '끝까지 살아남기'를 목표로 삼았습니다. 그러면서 엘리아스 카네티의 말을 기억할 것입니다. "더 나아가지는 않을 것이다. 하지만 더 천천히 할 수는 있지." 지금 내 귀에는 드뷔시의 「목신의 오후에의 전주곡」이 조용하게 흐르고 있습니다.

## 지나간 것을 좇지 말고
## 아직 오지 않은 일은 마음에 두지 말라

『일야현자경』 중에서

술을 마실 때 읊어주는 시가 있습니다. 페르시아의 시인 오마르 하이얌(Omar Khayyām)의 『루바이야트Rubaiyat』 중 한 소절입니다.

아름다운 여인이여 잔을 채워라.
세월이 간다고 슬퍼할 것 하나 없다.
오지 않는 내일이며 가고 없는 어제인즉
오늘이면 족하지 무엇을 개의하랴.

바로 지금 외에 그 어느 것도 중요하지 않다는 말입니다. 『일야현자경—夜賢者經』에도 이와 비슷한 글이 실려 있습니다.

지나간 것을 좇지 말고
아직 오지 않은 일은 마음에 두지 말라.
과거는 이미 흘러가버렸으며

미래는 아직 이르지 않았다.
그러므로 단지 지금 하고 있는
일만을 있는 그대로 잘 관찰하라.
흔들림 없이 동요 없이
오직 오늘 해야 할 것을 열심히 하라.


대부분의 사람들은 지금이 가장 중요하다는 것을 알면서도 지나버린 과거와 오지 않은 미래 때문에 전전긍긍하면서 살아갑니다. 그렇게 걱정할 시간에 자신을 연마하면 될 텐데 아무것도 하지 못한 채 걱정과 근심으로 날을 지새우며 소중한 시간을 낭비할 때가 많습니다.

"항상 준비하지 않으면 결정적인 기회를 놓치거나 아주 중요한 시기에 그 기회를 놓치게 된다"는 말이 있습니다. 그렇습니다. 우리에게는 지금밖에 없습니다. 지금을 잘 살지 않으면 미래도 과거도 무용지물입니다. 어디선가 "지금 이 순간을 붙잡아라. 삶은 매 순간 우리에게서 달아난다"는 말이 들리는 듯합니다. 그 무엇과도 바꿀 수 없는 '지금'을 꼭 붙잡아야겠습니다.

## 그대를 천 리까지 전송해도 한 번 이별은
## 종당 있기 마련인 것을 어찌하오리까

박지원의 『연암집』 중에서


석별의 말을 주고받았으나 이른바 그대를 천 리까지 전송해
도 한 번 이별은 종당 있기 마련인 것을 어찌하오리까. 다만 한
가닥 희미한 아쉬움이 하늘하늘 마음에 얽혀 있어, 마치 공중
의 환화幻花가 어디선가 날아왔다가 사라지고 나서도 다시 하늘
거리며 아름다운 것과 같았습니다.

예전에 백화암白華庵에 앉았노라니, 암주庵主인 처화處華 스님이
먼 마을에서 바람 타고 들려오는 다듬이 소리를 듣고는 그의
비구比丘인 영탁靈托에게 게偈하기를, "탁탁 당당 하고 허공에서
떨어진 그 소리 누가 먼저 들었겠느냐" 하였습니다. 이 말을 들
은 영탁이 손을 맞잡고 다음과 같이 공손히 대답하였습니다.

"먼저도 아니고 나중도 아닌, 바로 그때에 들었습니다."

어제 그대가 여전히 정자 위에서 난간을 따라 배회하고 있을
때, 이 몸도 또한 다리 가에서 말을 세우고 있었는데, 서로 떨어
져 있는 거리가 아마도 1리쯤 되었지요. 우리가 서로를 바라보

던 때도 역시 바로 '그때'였는지 모르겠습니다.

박지원의 『연암집』 중 「영대정잉묵映帶亭謄墨」에 실린 「경지京之에게 답함」이라는 글입니다. 만나고 헤어지는 것이 인생사인데도 이별은 언제나 아쉬움을 남깁니다. 다시 만날 시간이 멀고 가까운 것이 문제가 아니라, 원래 이별이라는 것이 마음에 슬픔을 남기고 몸으로까지 전이되는 것이기 때문입니다.

달이 차면 기울고, 기울면 다시 차오르는 달처럼 우리들의 삶은 항상 만남과 이별을 예비하고 있습니다. 그렇기에 이별은 또 다른 만남을 준비하는 과정입니다. 이런 이별의 이치를 터득한 사도 바울은 "나는 매일 죽노라"라고 이야기했고, 가수 김광석은 "매일 이별하며 살고 있구나"라고 노래했습니다.

이것은 마치 삶과 죽음이 하나인 것과 같습니다. 우리는 태어나 많은 사람들을 만났고 또 그들과 이별을 하면서 죽음을 향해 조금씩 다가가고 있습니다. 이것은 모든 생명의 보편적인 이치입니다. 꽃이 피고 지듯이 말입니다. 이제 우리는 이별을 조금은 담담하게 받아들일 수 있습니다. 만남과 이별을 성숙하게 바라보는 깊은 눈이 있다면 우리에게 주어진 삶과 죽음도 허무하지만은 않을 것입니다.

**사랑은 차량처럼 그 자체로는 문제가 없습니다.**
**문제는 운전자이며, 승객이며, 도로일 따름입니다**

구스타프 야누흐의 『카프카와의 대화』 중에서

사랑이란 도대체 무엇일까요? 우리의 눈을 멀게도 하고 정신을 놓아버리게도 하는 사랑, 누구나 한 번쯤 사랑 때문에 울고 웃습니다. 그리고 사랑이 주는 아픔 때문에 다시는 사랑하지 않겠노라고 선언하기도 합니다. 하지만 그것도 잠시, 우리는 또다시 사랑을 찾아 나서게 됩니다. 어쩌면 우리가 인생 전체를 통해 항상 갖고 싶어 하는 것은 사랑이 아닐까 싶습니다. 셰익스피어는 『한여름 밤의 꿈』에서 맹목적인 사랑에 빠진 사람을 두고 이렇게 말합니다.

광인과 사랑하는 사람과 시인은 한결같이 상상력으로 머리가 가득 차 있다. 넓은 지옥에도 다 들어가지 못할 만큼의 귀신을 보는 것도 바로 광인이다. 사랑을 하는 자도 못지않게 머리가 돌아서 집시의 얼굴도 헬렌처럼 아름답게 본다.

반면에 카프카는 『카프카와의 대화』에서 사랑을 이렇게 정의

하고 있습니다.

　젊은 F.W는 불행한 연애로 자살하였다. 이에 대해서 우리는 이야기했는데, 카프카는 대화 가운데 이런 말을 하였다.

　"사랑이란 무엇일까요? 그건 아주 간단한 것입니다. 우리의 삶을 높이고 확대하고 풍부하게 하는 모든 것은 사랑입니다. 온갖 높은 것과 깊은 것은 사람을 풍부하게 하는 것입니다. 사랑은 차량처럼 그 자체로는 문제가 없습니다. 문제는 운전자이며, 승객이며, 도로일 따름입니다."

　사랑 그 자체가 문제가 아니라 사랑을 하는 사람들과 그 밖의 상황이 문제가 된다는 카프카의 말은 참으로 맞습니다. 세상에는 사랑을 원하지만 사랑에는 서툰 사람들이 많이 있습니다. 그리고 각 사회마다 용납되는 사랑이 있고 부정되는 사랑이 있습니다. 그 속에서 문제는 터지고 사랑은 종결되기 마련입니다.

　하지만 요즘은 예전처럼 "미치도록 사랑을 한다", "이 사랑에 목숨을 걸어도 좋다" 하는 말이 들리지 않습니다. 마치 옛 이야기처럼 사라져가고 있습니다. 사랑 때문에 자살하는 경우보다는 우울증이나 다른 문제로 자살하는 사람들이 더 많아졌습니다. 이제 사람들에게 사랑은 불필요한 것이 된 것일까요? 아니면 인간의 가장 기본적인 욕구인 사랑마저 포기할 만큼 세상이 각박해진 것일까요?

하지만 카프카는 말하고 있습니다. 사랑은 우리의 삶을 높이고 확대하고 풍부하게 한다고 말입니다. 사람 사이에 진정한 사랑이 없다면, 인생은 아무 의미도 갖지 못할 것입니다. 아무리 살기 힘들어도 그 무엇과도 바꿀 수 없는 사랑 하나를 갖는 것이야말로 인간이 가질 수 있는 가장 큰 행복입니다.

## 혼돈이 마음속에 있어야
## 춤추는 별을 만들어낼 수 있다

니체의 말에서

하루가 가는 것이 눈 깜빡하는 시간과 같이 짧고도 짧은 것을 나이가 들수록 깨닫습니다. 조금만 마음을 내려놓으면 금세 흐르는 강물처럼 흘러가고, 그렇게 흘러가는 시간 속에 하루가 또 저뭅니다. 그리고 어느새 새로운 하루가 내 앞에 와 있습니다. 시간은 이렇게 흘러가는데 참다운 나를 찾는 일은 속도가 나지 않습니다. 운문문언雲門文偃의 『운문광록雲門廣錄』에는 이런 글이 실려 있습니다.

내가 오늘 언어로써 그대들을 속이고 있다고 생각하지 마라. 나는 그대들에게 말해야 하고 따라서 그대들을 혼란케 하지 않을 수 없는 불가피한 입장이다.

운문문언이 말한 것처럼 혼란과 혼돈의 시절을 지나야 비로소 참다운 나를 발견할 수 있지 않을까요? 그래서 니체는 다음과 같이 말했을 것입니다.

혼돈이 마음속에 있어야 춤추는 별을 만들어낼 수 있다.

『그리스인 조르바』를 쓴 니코스 카잔차키스도 그 혼돈을 다음과 같이 설파하고 있습니다.

나의 주변에서 비롯하는 모든 것은 인생의 강江입니다. 만물은 열광적으로 춤추고, 사물의 모습은 물처럼 지나가고 혼돈이 발생합니다.

우리는 살아가면서 수많은 혼돈을 겪습니다. 무엇이 내 것인지 아닌지, 어떤 길이 내 길인지 아닌지 헷갈리는 때가 많습니다. 하지만 이러한 혼돈을 겪어봐야 그곳에서 진짜 나와 가짜 나를 구별할 수 있습니다. 혼돈이 없다면 참된 나를 만날 수 없습니다. 그렇기에 혼돈이 다가올 때는 피하지 말고 친구인양 함께 거닐어야 합니다. 그곳에서 차분하게 고민할 때 모든 거짓된 것이 사라진 진짜 내 모습을 찾게 될 것입니다.

## 무엇을 한 후에 후회하는 편이
## 하지 않고 후회하는 것보다 훨씬 낫네

보카치오의 『데카메론』 중에서


자네에게 다음과 같은 말밖에 할 것이 없네. 보카치오가 『데카메론』에서 말한 "무엇을 한 후에 후회하는 편이 하지 않고 후회하는 것보다 훨씬 낫네"라는 문장일세. 오늘 자네가 누리고 있는 일을 함으로써 얻는 기쁨을 내일이면 이제 얻을 수 없는 것이라네. 그것을 누리고 있는 자네가 나로서는 영국의 왕보다 부럽다네.


『군주론』의 저자인 마키아벨리가 쓴 편지입니다. 세상에는 망설이다가 아무것도 못하는 사람들도 있고, 다가오지 않은 미래를 걱정하느라 현재를 불행하게 사는 사람들도 있으며, 걱정하지 않아도 될 일을 걱정하느라 마음을 황폐하게 만드는 사람들도 있습니다.

하지만 이러한 복잡한 생각에서 벗어나 가장 단순하게 살아가는 사람들도 많습니다. 그들은 원하는 일이 생기면 망설이지 않고 시도하며, 그 결과에 대해서 순응합니다. 무엇이든 시작할 줄 아는 사람들은 성공할 수도 실패할 수도 있지만, 아무것도 시도하지 않는 사람들은 실패조차 할 수가 없습니다. 그런 이들의 인생은 아무 의미가 없습니다.

인생은 생각보다 짧습니다. 그렇기에 원하는 대로 살아가는 것이 가장 현명합니다. 자신을 기쁘게 하고 설레게 하는 일을 찾아 도전하는 것만큼 신나는 일은 없습니다. 이럴 때는 두려움을 극복하고 무엇이든 시도할 수 있는 용기가 필요합니다. 그런 용기를 가지고 있다면 설사 실패를 만나더라도 거기서 길을 찾을 수 있기 때문입니다. 그렇게 살아가면 실패도 값진 경험이 됩니다.

## 지금 있는 현실을 알아차리는 것이 사랑입니다

바이런 케이티의 『네 가지 질문』 중에서

현실은 우리의 선택이나 허락, 우리의 의견을 기다리지 않습니다. 내가 현실에 대해 좋아하는 점은 그것이 늘 과거의 이야기라는 것입니다. 내가 과거에 대해 좋아하는 점은 그것이 이미 끝났다는 점입니다. 나는 이제 제정신이기 때문에 현실과 다투지 않습니다. 현실과 다투면 내면에서 불친절하게 느껴집니다. 지금 있는 현실을 알아차리는 것이 사랑입니다. …… 지금 있는 현실과 싸우면 상처를 받습니다. 차라리 두 팔을 벌려 현실을 껴안는 게 더 정직하지 않을까요. 이것은 전쟁의 끝입니다.

이것은 서구에서 가장 주목받는 영적 스승인 바이런 케이티의 『네 가지 질문』에 나오는 글입니다. 이 책에서 그녀는 자신의 현실을 있는 그대로 끌어안아야 평화롭게 살 수 있다고 말합니다. 덧붙여 불행한 생각을 떨치는 방법에 대해서도 말합니다.

생각은 산들바람이나 나뭇잎, 하늘에서 떨어지는 빗방울과 같습니다. 생각은 그렇게 나타납니다. 그리고 우리는 질문을 통해서 생각들과 친구가 될 수 있습니다. 당신은 빗방울과 다툴 수 있나요? 빗방울은 개인의 것이 아니며, 생각도 마찬가지입니다. 어떤 괴로운 생각을 이해로 만나면, 다음에 그 생각이 나타날 때는 흥미롭게 느껴질 수 있습니다. 전에는 악몽이었던 것이 이제는 재미있게 느껴집니다. 다음에 그 생각이 나타날 때는 웃을 수 있습니다. 그다음에는 아예 그 생각을 알아차리지 못할 수도 있습니다. 이것이 지금 있는 현실을 사랑하는 힘입니다.

생각만이 그런 것이 아니라 행운이나 불행도 어느 날 어느 시간에 온다고 예고하지 않습니다. 부지불식간에 도둑처럼 그렇게 왔다 가는 것입니다. 그렇기에 성경에서도 항상 깨어 있으라고 했습니다. 또한 불경에서는 이렇게 말하고 있습니다.

참 본성을 깨닫기 위해서는
알맞은 때와 알맞은 조건을 기다려야 한다.
마치 꿈에서 깨어나듯, 그대는 알게 된다.
그대가 찾은 것이 그대 자신의 것이며,

밖에서는 오지 않음을…….

중요한 말입니다. 자기 자신에 대해 깨닫게 되는 중요한 때가 누구에게나 옵니다. 그때까지 우리는 현실을 끌어안으며 마음의 눈을 번쩍 뜨고 깨어 있어야 합니다. 오늘따라 "자기 자신과 자기의 감정을 분명히 알수록 지금 있는 현실을 더욱 사랑하게 된다"는 스피노자의 말에 고개가 끄덕여집니다.

# 우리는 왜 이 땅에 태어나는 걸까요?
## 사랑하는 법을 배우기 위해서지요

아베 피에르의 『단순한 기쁨』 중에서

12월 24일 크리스마스이브, 예수 그리스도가 예루살렘의 한 마구간에서 태어나기 전날, 온 세상이 사랑의 축가로 뒤덮이는 날입니다. 예수는 이 세상에 사랑과 행복을 널리 펴고자 2000년 전에 이 땅에 나타나셨습니다. 그러나 이 땅에 사는 사람들 대다수는 사랑받고 있다고 행복하다고 느끼지 않습니다.

왜 그럴까요? 아직도 많은 사람들이 사랑할 줄은 모르면서 사랑받기만을 갈구하기 때문입니다. 그럼 어떻게 해야 할까요? 사랑하는 법을 배워야 합니다. 아베 피에르는 『단순한 기쁨』에서 사랑에 대해 이런 말을 들려줍니다.

사람들이 내게 "우리는 왜 이 땅에 태어나는 걸까요?"라고 물으면 나는 그저 이렇게 대답한다. "사랑하는 법을 배우기 위해서지요." 이 우주 전체가 의미를 지니는 것은 어딘가에 자유를 가진 존재들이 있기 때문이다. 아주 작은 행성에 사는 미미

한 존재에 불과한 인간은 우주에 짓눌려버릴 수도 있다. 하지만 인간은 자신이 죽는다는 사실을 알기에, 사랑하면서 죽을 수 있기에, 우주보다 더 위대하다. 사랑이 있기 위해서는 대양과 빙하만으로는 족하지 않으며, 자유로운 존재들이 있어야만 한다. 인간의 자유는 때때로 두려움을 줄 수는 있을지언정 소멸될 수는 없다.

또한 스피노자는 이렇게 말했습니다. "나는 그리스도 이외의 어떤 인간도 다른 인간을 넘어서 그렇게 완전성에 도달한 것을 알지 못한다." 스피노자에게 있어서 예수는 '완전한 인간'이지 신은 아니었습니다. 하지만 그리스도가 펼치고자 한 사랑에 대해서만큼은 스피노자도 확실히 이해하고 있었습니다. 그래서 그는 신앙을 이렇게 정의했습니다. "신앙이란 결국 옆 사람을 사랑하는 것을 실천하는 것을 통해서 신에게 복종하는 것이다."

모든 것이 풍족한 시대이지만 사랑만큼은 턱없이 부족한 시대입니다. 지금부터는 "네 이웃을 사랑하라"는 가장 간단하고 쉬운 말부터 실천해봐야겠습니다.

# 아름다운 사람은 아름다운 가을을 가지고 있다

에우리피데스의 글에서

아침에 일어나 창문을 열자, 얼굴을 스치는 미세한 바람에서 가을이 느껴집니다. 사람들의 마음을 쓸쓸하게도 하고 포근하게도 하는 가을에 "그대는 맑고 장밋빛 감도는 어느 아름다운 가을 하늘입니다"라고 서로 말할 수 있는 사람들이 있다면 얼마나 좋을까요?

그리스의 3대 비극작가 중의 한 사람인 에우리피데스는 다음과 같은 아름다운 글을 남겼습니다. "아름다운 사람은 아름다운 가을을 가지고 있다." 프랜시스 베이컨은 『에세이』에서 에우리피데스의 글을 인용하여 젊음과 아름다움에 대해 이야기했습니다.

"아름다운 사람은 아름다운 가을을 가지고 있다"라는 말이 있다. 왜냐하면 젊은 사람이 아름다움을 더 절실하게 느낄 수 있기 때문이다. 그러므로 예로부터 젊음이 아름다움을 만들어낸다고 생각했던 것이다. 하지만 아름다움에는 여름의 과일 같은 데가 있다. 썩기 쉽고 오래가지 않는다. 그리고 흔히 청년시대를 방종스럽게 만들고, 노년은 약간 자기 자신에게 불만을 품게 한다. 그러나 또 확실히 잘 되어서 아름다움과 가치 있는 사람이 결합하는 경우라면, 덕성을 빛내고 악덕의 얼굴을 밝히게 만든다.

가을은 수확의 계절이기도 하지만 상실의 계절이기도 합니다. 화려한 꽃과 나무들이 시들고 모든 것이 움츠리는 겨울을 대비하는 때입니다. 마찬가지로 아름다움, 젊음, 권력, 돈도 영원하지 않습니다. 그것을 알고 있으면서도 우리는 그것에 빠져 실체 없는 껍데기를 쥐고 살아갑니다. 그리고 정작 중요한 것을 잃어버렸다는 것을 나중에야 깨닫게 됩니다.

그렇기에 가을은 풍요로움과 동시에 그것의 허망함을 담고 있는 계절입니다. 이러한 가을의 의미를 이해하는 사람은 진정 아름다움을 말할 자격이 있습니다. 낙엽이 떨어지는 거리를 걸으며 아름다움에 대해 이야기를 나눌 멋진 벗이 그리워지는 때, 문득 브람스의 교향곡 4번 4악장이 가슴을 치면서 들려오는 듯싶습니다.

**그 행실이 어질면서도
스스로 어질다고 여기는 마음이 없으면
어디에 간들 사랑받지 않겠느냐**

『장자』의 「산목」 중에서


양자陽子가 송나라의 어떤 여관에 들었다. 여관 주인에게는 첩이 있었는데, 한 사람은 미인이었고, 또 한 사람은 추녀였다. 그런데 이상한 것은 추녀는 귀여움을 받고 있는데 미인은 천대를 받고 있었다. 그것을 이상하게 여긴 양자가 여관에서 심부름을 하는 아이에게 그 까닭을 묻자 그 아이가 대답하였다.

"저 여인은 스스로 미인인 체하기 때문에 그 아름다움을 모르고, 저 못생긴 여인은 스스로 못났다고 여기기 때문에 그 못난 것을 모르는 것입니다." 그 대답을 들은 양자는 제자들에게 다음과 같이 말했다. "너희들은 잘 기억해두어라. 그 행실이 어질면서도 스스로 어질다고 여기는 마음이 없으면 어디에 간들 사랑받지 않겠느냐."


『장자』의 「산목」에 나오는 글입니다. "똥 묻은 개가 겨 묻은 개 나무란다"는 속담이 있고, "남의 눈에 티끌은 보면서도 자기 눈에 들보는 깨닫지 못한다"는 성경 구절도 있습니다. 그만큼 사람들은 자기 자신에게는 너그럽고 남에게는 가혹합니다. 그리고 무슨 문제가 생겼을 때는 다들 남의 탓만 합니다. 서글프지만 그것이 세상 인심입니다. 하지만 조금만 돌아본다면 모두 다 사이좋게 지내는 방법이 있습니다. 그것은 겸손입니다.

겸손은 사람들을 불러 모읍니다. 반대로 자기의 장점이나 공을 내세우는 이 옆에는 사람들이 없습니다. 모두가 그를 멀리하기 때문입니다. 그러므로 겸손한 마음으로 자기 위치에서 열심히 일하는 사람들은 사람들을 쫓아다니지 않아도 저절로 사람들이 주변에 모입니다. 세상이 아무리 변했다 할지라도 겸손은 언제나 사랑받습니다. 다른 사람에게 화살을 쏘기 전에 자신의 태도를 점검해 보는 것이 세상을 사는 지혜임을 명심해야겠습니다.

## 지나간 것은 지나간 것이기 때문에
## 지나간 것으로 그냥 내버려두어야 한다

호메로스의 『일리아스』 중에서

섣달 그믐날입니다. 고향으로 가는 사람들, 그리운 사람들에게로 가는 사람들이 많은 때입니다. 내 마음 속에는 허전함과 설렘이 동시에 떠오르고 있습니다. 한 해를 보내고 또 한 해를 맞는다는 것은 어떤 의미에서 아득한 슬픔이 아닐까요? 지난 한 해 동안 무엇을 했는지 돌이켜보면 딱히 떠오르는 것이 없습니다. '그랬으면 좋았을걸' 하는 후회가 밀려옵니다. 고대 그리스의 시인인 호메로스는 유럽 문학의 최대 서사시라고 일컬어지는 『일리아스』에서 "지나간 것은 지나간 것이기 때문에 지나간 것으로 그냥 내버려두어야 한다"라고 말했습니다. 명나라 때의 문인 진계유陳繼愈는 『안득장자언安得長子言』에서 다음과 같이 말합니다.

고요히 앉아본 뒤에야
보통 때의 기운이 경박했음을 알았다.
침묵을 지킨 뒤에야

지난날의 언어가 조급했음을 알았다.
일을 되돌아본 뒤에야
전날에 시간을 허비했음을 알았다.
문을 닫아건 뒤에야
앞서의 사귐이 지나쳤음을 알았다.
욕심을 줄인 뒤에야
예전에 잘못이 많았음을 알았다.

사람들은 언제나 지나간 후에야 깨닫게 됩니다. 『채근담』에는 다음과 같은 글이 실려 있습니다. "나무는 가을이 되어 잎이 떨어진 뒤에야 꽃피던 가지와 무성하던 잎이 모두 헛된 것이었음을 알고, 사람은 죽어서 관을 덮을 때가 되어서야 자손과 재물이 쓸데없는 것임을 안다." 아! 우리는 너무 늦게야 헛되게 살아왔음을 깨닫습니다. 섣달 그믐날 당 태종이었던 이세민은 시 한 편을 남겼습니다.

석양 전각에 비끼고
세월 궁성에 아롱지네.
겨울 눈 덮였지만 추위 사그러들고,
봄바람 속에 따스함이 스미네.
섬돌에 매화 향기 하얗게 번지고

쟁반꽃 촛불 받아 붉네.

모든 이 기쁨 속에 해가 바뀌니

맞이하고 보냄이 이 한 밤에 이루어지네.


또한 일본의 시인 로츠는 아쉬움 속에 지난 한 해를 보내는 마음을 하이쿠 시로 남겼습니다.


너한테 줄 것 아무것도 없어!

모두가 그렇게 말하네.

한 해의 마지막,


한 해가 오고 가는 것은 우주의 질서인데, 사람들의 마음만 이리저리 흔들립니다. 결국 모든 인간의 일생은 자기에 도달하는 과정이며, 자기실현의 길입니다. 그런 의미에서 매 순간 자신을 새롭게 발견하면서 살아가는 것이 바람직한 인생의 목표가 아닐까요?

# 오직 마음으로 이해하는 자만이 알 수 있다

원굉도의 말에서

전에 글을 지어 자네들에게 보냈을 때, 누군가 취趣에 대해 물었네. 나는 이렇게 대답하였네. "말로 설명하기 어렵다네. 만약 형체에 얽매이지 않고 말 밖에서 깨달아 알면 될 걸세."

한유韓愈는 「태학청금서太學聽琴序」라는 글에서 "저물어서 물러나니 마음 가득히 얻은 게 있는 듯하다"라고 하였네. 육유陸游는 「풍우야좌시風雨夜坐詩」라는 시에서 "책을 덮으니 여운이 내 가슴속에 남아 있다"라고 하였네. 그리고 원굉도袁宏道는 "산 위의 빛깔, 물속의 맛, 꽃의 광태, 여자의 자태는 말을 아무리 잘 하는 자라도 한마디로 표현할 수 없고, 오직 마음으로 이해하는 자만이 알 수 있다"라고 하였다네.

대개 취는 가득하게 얻음이 있는 듯한 것이며, 여운이 가슴속에 남아 있는 것이며, 빛깔과 맛과 광태와 태깔은 한마디 말로 표현하지 못하는 것이라네. 자네들이 이 말을 들으면, 응당 한 번 웃고 깨달아 알 걸세.

19세기의 실학파 문장가였던 이학규李學逵의『아침은 언제 오는 가?』라는 책에 실린「예술적 정취란 무엇인가輿尹師赫朴思浩」라는 글 입니다. 이 글은 예술적 정취란 '형체에 얽매이지 않고 말 밖에서 깨달아야 한다'는 의미를 내포하고 있습니다. 경치도 그렇고 글도 그렇습니다. 정취가 있고 없고에 따라 무미건조하기도 하고, 오색 찬란한 빛깔과 향기가 있기도 합니다. 어디 예술만이 그럴까요? 『소창청기小窓淸記』에도 이와 비슷한 글이 나옵니다.

아름다운 경치의 유람을 논하는 사람은 반드시 명승지를 탐 방하기에 알맞은 신체적 조건을 우선으로 여길 것이다. 그러나 내 생각은 이렇다. 그 사람의 정취情趣가 아름다운 경치와 한 덩 어리가 되어 산을 오르고 물을 건널 때 스스로 정신이 왕성해 짐을 깨달을 수 있어야 한다. 그렇지 않으면 아무리 잘 달릴 수 있는 건각健脚을 가졌더라도 갑자기 쉬고 싶은 마음이 들기 마 련인 것이다.

나와 세상이 하나가 되는 그때, 진정한 아름다움과 아무 거리낌 이 없는 경이를 느낄 수 있습니다. "내가 풍경이 된다는 것은 지상 과 하늘이 잠시 입을 맞추는 것이다"라는 옛사람의 말이 문득 떠 오릅니다.

# 슬픔처럼 아름답고 희귀한 것은 없다

셰익스피어의 『리어 왕』 중에서

 

우리는 살아가면서 슬픔과 기쁨, 그리고 행복과 괴로움 등 다양한 감정을 느끼게 됩니다. 그중에서도 슬픔은 우리의 가슴을 뜨겁게 만듭니다. 하지만 너무 큰 슬픔이 닥쳐오면 오히려 아무 감정도 느끼지 못할 때가 있습니다. 정신이 아득해져 슬픔을 받아들이지 못하는 것입니다. 그럴 땐 그냥 몇 시간씩 멍하게 있기도 합니다. 또한 슬픔은 지극히 개인적인 감정이기 때문에 다른 사람들의 공감을 받기 어려울 때도 있습니다. 그 한 예가 셰익스피어의 『리처드 2세』 2막 2장에 잘 묘사되어 있습니다.

모든 것이 슬픔으로 보이지만 그렇지 않아요. 슬픔에 잠긴 눈은 눈물로 뿌옇게 흐려 있어서 하나의 사물이 몇 개씩 있는 것처럼 보이지요. 정면에서 보면 뭐가 뭔지 모르지만 비스듬하게 보면 분명한 형체를 갖추는 투시도법처럼, 왕비님 또한, 폐하의 행차를 비스듬하게 보시어 실제 이상으로 슬픔이 있다고 생각하시지만, 있는 그대로 보면 존재하지도 않는 것이 그림자일 뿐입니다.

하지만 슬픔이 아름답게 느껴질 때도 있습니다. 누군가가 가슴이 무너져 내리는 듯한 슬픔에 젖어 있을 때 그 모습은 신비롭게 느껴지기도 합니다. 마치 비 개인 뒤에 촉촉이 젖은 꽃잎처럼 말입니다. 그러한 때를 잘 포착한 글 한 편이 있습니다.

자제심과 슬픔이 누가 왕비를 가장 아름답게 하는가 보자고 다투고 있는 것 같았습니다. 햇볕이 나면서 비가 오는 일이 있지요, 흡사 그러했습니다. 왕비께서 미소를 지으며 눈물을 흘리시는 모습은, 그러한 왕비님의 모습은 더욱더 매력적이었습니다. 그 아름다운 입술의 행복스런 미소는 눈에 어떤 손님이 와 있는지를 모르는 것 같았고, 그리고 그 손님이 두 눈에서 떠나는 모습은 진주가 다이아몬드에서 떨어져나가는 것만 같았습니다. 정말 슬픔처럼 아름답고 희귀한 것은 없다고나 할까요, 누구에게나 그렇게 잘 어울릴 거라면 말입니다.

셰익스피어의 『리어 왕』의 4막 3장에 나오는 글로, 리어 왕의 비극적인 상황을 전해들은 코델리아를 두고 신사가 말하는 장면

입니다. 정말 신비스러운 슬픔의 감정을 잘 묘사했습니다. 한 가지 재미있는 것은 슬플 때도 기쁠 때도 똑같이 눈물이 나온다는 것입니다. 지금 밖에는 잔잔한 비가 내리고 있습니다. 이 비는 슬픔의 눈물일까요? 기쁨의 눈물일까요? 기왕이면 촉촉하게 가슴을 적셔 줄 기쁨의 눈물이었으면 좋겠습니다.

## 내게 중요한 것은 오늘,
## 이 순간에 일어나는 일입니다

니코스 카잔차키스의 『그리스인 조르바』 중에서

"당신에겐 어떤 사람이 중요한가?" 하고 물으면 사람마다 답이 다 다를 것입니다. 하지만 조금만 깊게 생각하면 새로운 답이 나옵니다. 우리에겐 지금 이 순간이 가장 소중하기에 지금 이 순간에 만나고 있는 사람이 가장 중요한 사람입니다.

부처님은 "과거는 지났고 미래는 아직 오지 않은 것"이라고 하셨습니다. 그렇다면 우리에게 가능한 삶은 이 순간뿐입니다. 많은 사람은 행복이 미래에 있다고 착각하고 미래를 위해 현재를 희생합니다. 그렇게 살다 보면 우리는 단 한 순간도 진정한 행복을 느끼기 어려울 것입니다. 계속해서 오지 않은 미래만을 생각할 테니까요. 니코스 카잔차키스의 『그리스인 조르바』에도 이와 비슷한 글이 실려 있습니다.

새 길을 닦으려면 새 계획을 세워야지요. 나는 어제 일어난 일은 생각 안 합니다. 내일 일어날 일을 자문하지도 않아요. 내게 중요한 것은 오늘, 이 순간에 일어나는 일입니다. 나는 자신에게 묻지요. "조르바, 지금 이 순간에 자네 뭐하는가?" "잠자고 있네." "그럼 잘 자게." "조르바, 지금 이 순간에 자네 뭐하는가?" "일하고 있네." "잘 해보게." "조르바, 지금 이 순간에 자네 뭐하는가?" "여자하고 키스하고 있네." "조르바 잘 해보게." "키스할 동안 딴 일일랑 잊어버리게. 이 세상에는 아무것도 없네. 자네와 그 여자밖에는, 키스나 실컷 하게."

임제 선사는 이렇게 말했습니다. "바로 지금이지, 다른 시절은 없다." 선불교의 제6조인 혜능慧能은 이렇게 말했습니다. "안심입명安心立命은 바로 현재의 순간이다. 바로 이 순간에 안심입명이 있지만 이 순간에는 어떤 한계도 없으며, 그 안에 영원한 희열이 있다." 그는 현재를 잘 살 때 최상의 희열을 느낄 수 있다고 강변했습니다. 그리고 에크하르트 톨레는 "오직 현재라는 순간만 존재한다. …… 늘 존재하며 그 끝이 없는 현재는 그 자체가 늘 새로움이다"라고 말했습니다. 이렇듯 동서양을 막론하고 많은 현자들이 현재의 중요성에 대해 이야기하고 있습니다.

현재에 집중하기 위해서는 항상 깨어 있어야 합니다. 하지만 우리는 후회와 두려움으로 과거와 미래를 왔다 갔다 할 때가 더 많습니다. 나 역시 깊은 잠인지 미망迷妄인지 모를 심연을 알 수 없는 생각에 빠져 허우적거릴 때가 있습니다. 그럴수록 우리는 두 눈을 부릅뜨고 현재를 살아야 합니다. 안 그러면 세월은 눈 깜짝할 새에 지나가버리고 말 것입니다. 이 세상에 태어나 조그마한 의미라도 남기기 위해 어제와 내일이 아닌 오늘을 살아야 할 것입니다.

## 스스로 하는 것보다 더 나은 지혜나 능력은
## 이 세상에 없다

헤르만 헤세의 「홀로서」 중에서


누구나 혼자만의 삶을 살아갑니다. 어느 누구도 대신해서 살아줄 수 없습니다. 모두 저마다의 길을 외롭게 걸어갑니다. 이런 저런 조언들을 들을 수는 있지만 최종 선택은 항상 자기 자신이 해야 합니다. 그리고 그 결과도 겸허하게 받아들여야 합니다. 그것이 인생입니다.


땅 위엔, 크고 작은 길이 무수히 나 있다.
그러나 그 모든 길 향하는 곳은 오로지 하나,

말을 타고 갈 수도, 차를 타고 갈 수도
둘이서 혹은 셋이서 갈 수도 있다.
하지만 마지막 한 걸음은
오직 홀로 걸어야 하는 것.

그러기에 아무리 괴로운 일일지라도
스스로 하는 것보다 더 나은
지혜나 능력은
이 세상에 없다.

헤르만 헤세의 「홀로서」라는 시입니다. 아무리 많은 친구가 있어도 또 연인이나 가족이 있어도 인생은 결국 혼자 사는 것입니다. 많은 사람들의 도움을 받을 수는 있지만 인생은 결국 자신의 다리로 걸어가야 합니다. 수많은 인생길에서 우연히 또는 필연적으로 만났던 인연들을 소중히 여겨야 하는 이유도 그들이 없다면 우리는 완전한 고독을 느껴야 하기 때문입니다. 외로운 인생길에서 벗은 든든한 힘을 줍니다. 그들과 함께 서로를 토닥거리며 남은 인생을 살아야겠습니다.

# 총명하면서도 학문을 즐기고,
# 아랫사람들에게도 묻기를 부끄러워하지 않는다

『논어』 중에서


범옹泛翁이 선비가 학문하는 것을 농사짓고 베 짜는 것에 비
유한 『가직설稼織設』을 지었다.

"대저 씨앗을 심어서 김을 매고 김매어 수확하는 것은 농사
짓는 자의 일이요, 누에 먹여 실을 뽑고 실 뽑아 명주 짜는 것은
짜는 사람의 일이다. 심지 않으면 싹이 나지 않으며, 누에 치지
않으면 고치를 얻을 수 없으니, 어디에다 갈고 뽑을 수 있을 것
인가?

만일 김매는 것을 걷어치우면 묘종은 가려질 것이지만 자라
는 것을 볼 것이요, 만일 실 뽑는 것을 그만둔다면 고치에서 나
비가 나오고 말 것이니 어찌 수확과 명주 짜는 것을 바랄 수 있
겠는가?

결국 기한飢寒에 떨게 될 것이다. 선비의 학문도 이와 같은 것
이니, 학문에 뜻을 두는 것은(15세를 말함) 씨 뿌리고 누에를 치
는 것이며, 근면하게 배우는 것은 김매고 실 뽑는 것이며, 마침

내 덕이 이루어지고 이름이 나게 되어 일을 맡아 처리하게 되
는 것은 수확하고 명주 짜는 것과 마찬가지다."

신숙주의 『본집本集』에 나오는 글입니다. 학문이란 어느 기한에
이루어지는 것이 아니라 평생을 해도 모자라는 것입니다. 성실하
게 읽고 공부하고 사색하는 가운데에서 자신의 독특한 학문이 완
성됩니다. 그런데 대부분의 사람들은 그러한 과정을 거치지 않고
자신의 학문에 만족하는 경향이 있습니다.

그뿐만이 아니라 조금 연마한 학문을 남에게 가르치기를 좋아
합니다. 오죽했으면 "인간의 약점은 남의 스승 노릇을 좋아하는
데 있는 것이다"라는 말이 생겼을까요? 조금만 알아도 겸손함을
잊어버리고 남을 가르치려고 합니다.

자공이 물었다. "공문자孔文子는 어찌하여 문文이란 시호를 받
으셨습니까?" 그러자 스승께서 대답하셨다. "공문자는 총명하
면서도 학문을 즐기고, 아랫사람들에게도 묻기를 부끄러워하
지 않았으므로 문이라는 시호를 받게 되었느니라."

『논어』에 실린 글입니다. 여기서는 학문의 길에서 스승과 제자
라는 경계를 넘어서서 서로 묻고 배우는 것이 중요함을 지적하고

있습니다. 이것은 인생을 살아갈 때에도 필요한 자세입니다. 윗사람과 아랫사람이 신뢰를 바탕으로 서로 배운다면 우리는 소중한 인연과 아름다운 인생 모두를 얻을 수 있습니다. 진정한 도반道伴은 인생을 풍요롭게 할 뿐만 아니라 우리를 더 좋은 길로 안내할 것입니다.

## 마음을 잡고 놓음이란
## 참으로 무서운 일이 아닐 수 없다

학봉 김성일의 글에서

겨울 초입에 봉화 청량산 일대와 퇴계 오솔길을 다녀왔습니다. 철 늦은 단풍이 곱게 단장한 채 나를 기다리고 있을 거라고 생각하면서 길을 떠났습니다. 하지만 단풍은 이미 다 떨어지고 낙엽만 무성했습니다. 그리고 김생굴을 비롯해 곳곳에 고드름이 맺혀 있었습니다. 그렇게 겨울은 내 곁에 다가와 있었습니다.

오색찬란한 단풍이 사라진 자리에 온 나라 구석구석에서 온 사람들이 아웃도어로 치장하고 스스로가 단풍이 되었습니다. 오백년 전쯤에 살았던 퇴계 이황은 어떤 생각을 하며 이 길을 걸었을까요?

퇴계 선생이 말하기를 "내가 어느 날 금문원琴聞遠(이름은 난수蘭秀로 퇴계의 제자)의 집에 갔는데 산길이 몹시 험했다. 그래서 갈 적에는 말고삐를 잔뜩 잡고 조심하는 마음을 놓지 않았는데, 돌아올 때에는 술이 거나하게 취해서 갈 때의 그 험하던 것을 아주 잊어버리고, 마치 탄탄한 큰 길을 가듯 하였으니, 마음을 잡고 놓음이란 참으로 무서운 일이 아닐 수 없다고 하겠다"
고 하였다.

서애 유성룡과 함께 퇴계의 수제자였던 학봉 김성일의 글입니
다. 이 글은 어떤 마음을 가지고 사느냐에 따라 삶이 달라질 수 있
다는 내용을 담고 있습니다. 이런 말은 우리가 살아가면서 수없이
듣는 말 중에 하나입니다. 그럼에도 불구하고 이 말이 중요한 이유
는 사람 마음이 사람 뜻대로 움직이지 않기 때문입니다. 그렇기에
우리들은 삶의 마지막 순간까지도 마음을 다스리는 연습을 해야
합니다.

안동시 도산면 낙동강변을 걷다 보니, 그림처럼 아름다운 정자
고산정을 짓고 살았던 금난수의 집을 찾았던 이황의 모습이 그림
처럼 눈에 선합니다. 스승인 퇴계도 가고, 제자인 금난수도 가고,
여배우 김자옥 씨도 갔습니다. 오늘따라 김자옥을 좋아했던 사
람들은 서러움이 복받쳐서 길을 걷기 힘들다고 했습니다. 그래도
우리들은 걷고 또 걸었습니다. 그리고 문득 주세붕 선생이 청량산
에 대해 논한 글이 떠올랐습니다.

이 산은 둘레가 백 리에 불과하지만 산봉우리가 첩첩이 쌓였
고 절벽이 층을 이루고 있어 수목과 안개가 서로 어울려 마치

그림 같은 풍경이었다. 또 산봉우리들을 보고 있으면 나약한 자가 힘이 생기고, 폭포수의 요란한 소리를 듣고 있으면 욕심 많은 자도 청렴해질 것 같다. 총명수를 마시고 만월암에 누워 있으면 비록 하찮은 선비라도 신선이 아니고 또 무엇이겠는가.

자연을 만나면 나약한 자가 힘이 생기고 욕심 많은 자가 청렴해질 것 같다는 표현이 참 좋습니다. 아마 마음을 다스리는 데 자연만큼 좋은 친구는 없을 것입니다. 나도 모르게 걷는 다리에 힘이 생겼습니다. 행복하게 사는 법은 멀리 있는 것이 아닌가 봅니다.

# 나의 정신은 어린아이와 같이 단순해졌다

『열자』 중에서

산다는 것은 스스로 견디어내며 참는 것, 그 이상도 이하도 아니라는 것을 살아가면서 느끼게 됩니다. 나는 "단순한 남자가 되려고 결심한다"는 황동규 시인의 시 구절을 오래도록 마음에 담아두고 '단순해지려고' 노력했었습니다. 그러나 내 정신은 항상 어지럽고 복잡했습니다. 미련이나 혼란을 싹둑 끊어버리면 되는데, 그렇게만 하면 자유를 얻을 수 있는데, 말처럼 마음이 쉽게 바뀌지 않았습니다. 그때마다 나는 책 속으로 빠져들었고, 그때 만났던 책이 『열자列子』였습니다.

나의 스승이 나를 어떻게 단련시켰는지에 대해 말하겠다. 나는 한 친구와 함께 스승의 집에 들어갔다. 나는 꼬박 3년을 마음과 입에 굴레를 씌우는 데 전념하며 보냈는데, 나의 스승은 단 한 번도 이를 칭찬해주지 않았다. 내가 발전하여 5년이 지나자 그는 처음으로 내게 미소를 보냈다. 눈에 띄게 발전해나가면서 7년이 지나자 그는 내게 자신의 거적(돗자리) 위에 앉으라고 했다.

9년간의 노력 끝에 나는 결국 긍정과 부정, 장점과 단점, 나의 스승의 우월성과 나의 친구의 우정이라는 개념들을 모두 잃어버리게 되었다. 그러자 상대적 가치 기준에 의한 나의 모든 지식과 가치는 점차 절대적 가치를 부정하게 되면서 나의 정신은 어린아이와 같이 단순해졌다.

나는 마침내 동쪽으로, 서쪽으로, 또 모든 방향으로 바람결에 실려가는 낙엽처럼, 나를 움직이는 것이 바람인지(내가 객체인지) 내가 바람을 타는 것인지(내가 주체인지) 알지 못한 채 바람 가는 쪽으로 길을 떠났다. 그 이후 자연과의 일치에서 오는 희열을 느끼기 위해 얼마나 오랫동안 굶주리고 자연으로의 회귀라는 단련을 거쳐야만 했던가.

중국 전국시대의 도가 사상가인 열자의 말입니다. 내가 자연 속으로 들어가 자연이 되는 경이를 느끼기 위해서는 얼마나 많은 투쟁을 해야 되고 희생을 해야 하는지요? 그런데 나는 실천적인 투쟁과 희생도 없이 관념 속의 투쟁과 희생으로 모든 것을 얻으려 했습니다. 참으로 무모한 짓이었습니다. 찬연한 햇살 앞에 심히 부끄러울 따름입니다. 하지만 포기하지 않고 단순해지는 방법을 찾아

내어 노력할 것입니다. 언젠가는 환하게 빛나는 아침 햇살이 온 누리를 감싸듯 제 고민도 풀릴 때가 있겠지요.

## 나를 흉보고 싶은 자는
## 스스로의 흉이나 염려하라

셰익스피어의 『소네트』 중에서

나쁘다는 평판보다는 실제 나쁜 것이 차라리 나아,

그렇지는 않은데 그렇다는 비난을 받고

우리가 느낀 것이 아니고 남이 보고

그렇게 생각했기에 적당한 쾌락을 잃을 바엔,

어째서 남의 거짓된 음탕한 눈이

내 애욕愛慾의 피에 영향을 준단 말인가?

보다 결점缺點 많은 자가 왜 나의 결점에 참견이며,

내가 좋다고 하는 것을 어째서 나쁘다고 생각하는가?

두어라, 나는 나, 나를 흉보고 싶은 자는

스스로의 흉이나 염려하라.

나는 꼿꼿한데, 그들이 비뚤어졌을지도 모르는 것,

그들의 썩은 생각으로 나의 행동이 판단되어서는 안 될 일,

인간이 사악邪惡하고 사악 속에서 번창한다는

일반적인 사악론을 갖고 있지 않는 한.

셰익스피어의 『소네트』 121번입니다. 실제로 나를 잘 아는 사람은 많지 않은 것 같은데, 나를 알고 있다고 생각하는 사람들이 너무 많은 것 같습니다. 그래서 "누가 나를 아는가? 한 번 손들어 보렴. 그리고 나에 대해 좀 알려주렴" 하면 아무도 대답하지 않습니다. 혼자서 왔다가 혼자서 가는 이 세상에서 나도 날 잘 모르는데 다른 누가 나를 안다고 단언할 수 있을까요? 그런데도 사람들은 이 말 저 말 밤새는 줄 모르고 떠들어댑니다. 알면서도 모르는 체, 그냥 내버려둔 채 살 수는 없을까요?

세상은 예나 지금이나 똑같은 모양입니다. 오죽 했으면 셰익스피어가 이런 글을 썼겠습니까. 쓴웃음이 지어집니다. "바보 같은 놈의 미래란 놈, 결국 죽음이라니"라고 말한 폴 발레리의 말처럼 남의 평판에 좌지우지되기에는 너무 짧은 것이 우리들의 인생입니다. 그러니 우리들은 다른 사람의 입보다는 우리의 마음에 집중해야겠습니다.

## 마음을 기르는 데는 욕심을 적게 하는 것보다
## 더 좋은 방법이 없다

맹자의 말에서


　맹자가 말씀하시기를 "마음을 기르는 데는 욕심을 적게 하는 것보다 더 좋은 방법이 없다"고 하셨다. '적다'는 것은 '없다'는 것의 시작이다. 적게 하고 또 적게 하여 다시 적게 할 것이 없음에 이르면 마음은 비어서 신령하게 된다. 신령의 비춤이 명明이 되고, 명의 실상은 성誠이 된다. 성의 도道는 중中이 되고, 중의 발發은 화和가 된다. 중中하고 화和한 것은 공평함의 아버지며, 생生의 어머니다. 정성스럽고 정성스러워서 안이 없고, 넓고 넓어서 바깥이 없다.

　바깥이 있다는 것은 적음의 시작이다. 작아지고 작아져서 형기形氣에 얽매이게 되면 내가 있다는 것만 알고 남이 있다는 것을 알지 못하며, 남이 있음을 알고 도道가 있다는 것을 알지 못하게 된다. 물욕이 번갈아 덮여서 마음을 해치는 것이 많아지면 욕심을 적게 할 수 없게 된다. 하물며 욕심이 없어지기를 바라겠는가. 맹자의 말씀의 뜻이 심원深遠하구나.

토정 이지함의 『토정집』 중 「욕심을 적게 하라는 설」이라는 글입니다. 한때 허울뿐인 세계화를 외치던 시절이 있었습니다. 세계화의 실체가 무엇인지도 모르고 설쳐대다가 급기야 "대공황이네", "제2의 IMF네" 하는 소리가 여기저기서 들립니다. 하지만 이 모든 것은 허황된 욕심에서 비롯된 것입니다.

욕심을 조금만 버리면 행복할 텐데, 우리는 끝도 없는 욕심의 바다에서 허우적거리다가 결국 한 줌 재가 되어 죽음으로 갑니다. 빈손으로 왔다가 빈손으로 가는 것이 인생인데, 사람들은 마치 영원히 살아 있을 것처럼 말하고 행동합니다. 그러한 우매한 생각에서 벗어나 욕심을 적게 하고 단 한 번의 기회인 인생을 허튼 일에 낭비하지 않고 살아야 합니다. 욕심을 조금만 비운다면 충만한 삶을 살 수 있을 것입니다.

## 자유에 이르는 길은 우리의 힘이 미치지 않는 것을 모두 가볍게 여기는 데에 있다

에픽테토스의 말에서

요즘 세태를 보면 자신의 분수를 몰라서 여기저기 남의 입에 오르내리는 사람들이 많이 있습니다. 자신의 분수를 안다면 거기에 맞춰 사는 것이 가장 바람직한데, 그것을 모르기 때문에 돈과 명예, 그리고 권력을 함부로 탐합니다. 그러다가 늪과 같은 진창에 빠지는 경우가 많습니다. 이에 대해 에픽테토스는 무슨 말을 남겼을까요?

이길 가망이 없는 전쟁을 일으키지 않는다면 질 염려는 없다. 매우 존경을 받는 사람, 대단히 세력이 있는 사람, 혹은 높은 명성을 떨치는 사람을 보았을 때, 그대는 자기의 상상에 속아서 그들을 행복하다고(질투하면서) 생각하지 않도록 조심해야 한다. 진정한 행복은 우리의 힘이 미치지 않는 곳에만 있는 것이므로 질투나 선망은 무의미하다. 그대는 장군이나 시장, 집정관이 되고 싶은 것이 아니라, 자유로워지기를 바라는 것이 아닌가. 그러나 자유에 이르는 길은 우리의 힘이 미치지 않는 것을 모두 가볍게 여기는 데에 있다.

사람들은 돈과 명예, 권력을 가지면 자유롭고 행복하게 살 수 있을 거라고 생각합니다. 하지만 사실은 정반대입니다. 가지면 가질수록 더 자유롭지 못하게 됩니다. 가진 것들을 지키기 위해 속박된 삶을 살아야 합니다. 그리고 이것들은 영원하지 못합니다. 권력이란 그 자리에서 내려오면 아무것도 아닌 것이 되고, 돈이나 명예도 사라지기 쉽습니다. 하지만 우리는 이 사실을 곧잘 잊어버리고 살아갑니다.

사실 모든 것이 사라집니다. 세상을 뒤흔들었던 일들도, 모든 것을 주어도 모자랄 것 같았던 사랑도 어느 날 안개처럼 사라집니다. 그리고 다시 불어오는 새 바람에 휩쓸려 언제 그런 일이 있기나 했느냐는 듯이 바쁘게 살아갑니다. 뿌리 없이 부는 바람에 흔들리다가 그렇게 사라져갈 뿐인 것이 인간입니다. 그런데 이렇게 덧없는 삶 중에서 가장 중요한 것이 '자유'라고 말하는 사람들이 있습니다.

"너는 그렇게도 자유를 원하는 거지?"
"난 태양이 빛나는 것을 좋아해요. 나는 강물과 바다를 좋아하죠. 당신은 인간에게 있는 이 신비한 힘을 사람들이 억누르는 것을 인정할 수 있어요?"

"……."

"우선 그들을 해방시켜야 해요."

"사람들은 자유롭고 싶어 해요. 당신에게는 그들의 목소리가 들리지 않아요?"

시몬 드 보부아르의 『모든 인간은 죽는다』에 실린 글입니다. 그리고 카사노바도 비슷한 말을 했습니다. "나는 매 순간 쾌락을 원했지만 그것보다 더 원한 것은 자유였다." 이토록 중요한 것이 바로 자유입니다. 언젠가는 사라져버릴 것들을 붙잡는 대신에 우리는 자유를 붙잡아야 합니다. 자유를 붙잡기 위해서는 부질없는 것들에 대한 욕심을 버려야 합니다. 나도 그대도 곧 이 지상에서의 역할이 끝나면 영원 속으로 돌아가 편히 쉴 것입니다. 그러니까 '욕심을 버리고 마음 편히 자유롭게, 바람을 타고 날아가는 꽃잎처럼 가볍게 마음을 비우고 살다가 돌아갈 것', 나와 그대가 명심해야 할 일입니다.

## 세상에는 다른 사람들이 하는 대로 내버려둬도 좋은 일들이 얼마든지 있다

카를 힐티의 『잠 못 이루는 밤을 위하여』 중에서

세상을 살다가 보면 남의 제사에 "감 놓아라, 배 놓아라" 하며 참견하는 사람들을 많이 만나게 됩니다. 집안마다 각기 다른 진설 陳設법이 있는데, 자기 집안의 진설법을 다른 집에다 강요하는 것입니다. 어디 제사만 그런가요. 모임에서도 사사건건 남의 일에 참견하는 사람들이 많이 있습니다. 각자 자신만의 가치관에 따라 나름의 방식대로 살아가는 세상인데, 월권도 그런 월권이 없습니다. 이러한 태도를 경고한 글이 있습니다.

세상에는 다른 사람들이 하는 대로 내버려둬도 좋은 일들이 얼마든지 있다. 어차피 그것은 아무래도 상관없는 일이기 때문이다. 그러면 모두 삶이 편안해진다. 그런데 세상에는 다른 사람의 의견과 제안에는 반드시 뭔가 트집을 잡는 버릇을 좀처럼 버리지 못하는 사람들이 있다. 그 결과 사람들은 그런 자의 의견에 따르지 않게 되고, 나중에는 그들의 생각을 아예 물어보지도 않게 된다.

카를 힐티의 『잠 못 이루는 밤을 위하여』에 나오는 글입니다. 나이가 들수록 느끼는 것인데 되도록 나서지 않고 가만히 바라보는 것이 좋을 때가 많습니다. "애매한 경우에는 자유를"이라는 말이 있듯이, 세상에는 확실한 것보다 애매한 것들이 많습니다.

세상에는 꼭 자기 뜻대로 되지 않아도 좋은 일들이 많이 있습니다. 모든 것을 자기 뜻대로 움직이게 하려면 반드시 충돌이 생깁니다. 그러니 갑갑하더라도 쓸데없는 참견은 하지 말고 가만히 관조하는 것이 잘 사는 방법입니다. 사람들을 있는 그대로 가만히 바라보는 것은 따뜻한 애정의 표현입니다. 차가운 질책보다는 따스한 침묵이 그리워지는 요즘입니다.

2부

냉혹한
세상 속
당신에게

# 자기 현재 위치에서 자기 할 일만 하라

『중용』 중에서

요즘 늘 보면 자네의 신기神氣가 평온하지 못한 것이 무슨 남모르는 큰 걱정이라도 있는 것처럼 보이는데, 무슨 마음에 걸리는 문제가 있기에 그렇게 겉으로까지 나타나는 것인가?

옛사람들이 "마음은 작게 해야 한다"고 말했지만 장자 같은 사람은 "마음은 크고 호방해야 한다"고도 했지. 마음이 크고 호방하면 마음의 영역이 확 트여 다소간의 물루物累쯤은 그 마음을 동요시키지 못하는 것이고, 또『중용』가운데서 "자기 현재 위치에서 자기 할 일만 하라"고 한 것도 이러한 가운데서 이루어지는 것일세.

나처럼 비루한 사람이 감히 이러한 경지에 이르렀다고 자처할 수는 없지만 곤궁한 처지에서도 그때그때 적당히 처리하고 거기에 얽매이지는 않았네. 따라서 병이 몸에 그렇게 쌓여 있어도 지금까지 버티고 온 것이 그 덕이 아니라고 할 수 없다네. 대장부 칠 척의 몸이 사소한 물루에 끌려 나의 화평한 마음을 잃게 된다면 그 얼마나 애석한 일이겠는가?

『동사강목東史綱目』을 지은 안정복의 옛글을 읽습니다. 순암 안정
복이 「정군현에게 보낸 글」은 담담하면서도 가슴을 치게 만드는
힘이 있습니다. 안정복은 편지를 통해 실의에 빠져 있는 친구에게
진정한 위로와 격려를 보내고 있습니다. 안정복은 복잡한 세상사
에서 다른 사람들과 부딪히게 될 때 필요한 자세로 "자기 현재 위
치에서 자기 할 일만 하라"고 권하고 있습니다. 이 문장 속에는 정
말 불필요한 걱정 근심이 들어앉을 자리가 없습니다. 이러한 마음
가짐만 굳건히 지킬 수 있다면, 세상 어느 곳에서도 자기 인생을
주체적으로 살 수 있을 것입니다. 세상사에 시달리며 '내가 지금
이러고 있을 때가 아닌데……' 하는 많은 사람들에게 선물해주고
싶은 명문장입니다.

# 착함과 악함이 모두 다 내 스승이다

『퇴계집』 중에서


세상을 살면서 가장 행복한 일은 무엇일까요? 눈빛만 보아도 통하는 몇 사람을 만나 서로 정을 나누고 사는 것입니다. 헤어져 며칠만 지나도 그리운 사람이 있다는 것은 얼마나 지극한 행운인지요.

하지만 우리는 항상 좋은 사람만 만날 수는 없습니다. 솔직히 말해서 어쩔 수 없이 싫은 사람을 만나야 할 때가 더 많습니다. 그럴 때 우리는 마음의 평화가 깨지고 싸움을 피할 수 없게 됩니다. 그럴 때는 『퇴계집』의 한 구절을 읽어보면 도움이 될 것입니다.


이덕홍이 어느 날 물었다. "공자의 말에 '자기보다 못한 사람을 친구로 삼지 말라' 하였으니, 그렇다면 자기보다 못한 사람과는 일체 사귀지 않아야 하겠습니까?" 이 말을 들은 퇴계는 "보통 사람의 정情은 자기보다 못한 사람과 벗하기를 좋아하고 나은 사람과는 벗하기를 좋아하지 않기 때문에, 공자는 이런 사람을 위해서 한 말이요, 일체 벗하지 않는다는 것을 뜻한 말은 아니다. 만일 한결같이 착한 사람만 가려서 벗하고자 한다면 이 또한 편벽된 일이다"라고 하였다.

이덕홍이 다시 묻기를 "그렇다면 악한 사람과도 더불어 사귀다가 휩쓸려 그 속에 빠져들어가게 되면 어찌하겠습니까?" 하자, "착하면 따르고 악하면 고칠 것이니, 착함과 악함이 모두 다 내 스승이다. 만일 악에 휩쓸려 빠져들어가기만 한다면, 학문은 무엇 때문에 한다는 말이냐" 하였다.

여기에는 두 가지 교훈이 담겨 있습니다. 첫째는 자신이 좋아하는 것에서만이 아니라 자기가 싫어하는 것에서도 배울 수 있다는 점입니다. 어쩌면 우리는 싫어하는 사람을 만날 때 더 많이 배울 수 있습니다. 그 사람의 행동을 보면서 자신의 행동을 진심으로 점검할 수 있기 때문이지요.

둘째는 학문을 하는 진짜 이유를 되짚어볼 수 있습니다. 퇴계는 나쁜 것을 피하기만 하려면 왜 학문을 배우느냐고 되묻습니다. 학문이란 공부한 것을 현실에 적용시켰을 때 그 빛을 발하는 것입니다. 그렇게 흔들림 없이 소신을 펼칠 수 있게 해주는 악인에게 오히려 감사해야 할 것입니다. 이렇게 생각해본다면, 악한 사람과 착한 사람을 구별하지 않고 그들 모두와 함께 인생을 살아갈 수 있을 것입니다.

**지략과 술수를 모르는 사람을 높다고 하나,**

**알고서도 쓰지 않는 사람을**

**더욱 높다고 해야 할 것이다**

홍자성의 『채근담』 중에서

오늘은 문상 갔다가 돌아와 이 책 저 책을 뒤적이다가 『채근담』
을 펼쳐보았습니다. 이 책은 수없이 읽고 또 읽었음에도 불구하고
언제나 나를 새롭게 질타하고 일으켜줍니다. 어렵지도 않고 그렇
다고 쉽지도 않은 책 속에는 이러저러한 삶의 이야기들이 실려 있
습니다.

산다는 것은 매일 매일이 똑같은 것 같으면서도 항상 새롭습니
다. 그렇기에 아무리 살아도 숙련이 되지 않고 항상 서툴기 짝이
없고 어색합니다. 이럴 때는 고전을 읽는 것이 가장 좋습니다. 시
대가 지나도 변하지 않은 지혜가 담겨 있기 때문입니다.

세상을 건너는 것이 얕으면 그 더러움에 물드는 것도 얕고,
세상사를 겪음이 깊으면, 그 속이는 재주도 깊어진다. 때문에
군자는 능란하고 통달하기보다는 질박하고 노둔한 편이 나으
며, 간곡하고 근면하기보다는 소탈하고 자유로운 편이 낫다.

…… 권세와 이익의 화려함에 가까이 하지 않는 사람이 깨끗하다고 하지만, 가까이 해도 물들지 않는 사람이 더욱 깨끗하다. 지략과 술수를 모르는 사람을 높다고 하나, 알고서도 쓰지 않는 사람을 더욱 높다고 해야 할 것이다. …… 밤이 깊어 인기척이 가라앉은 뒤에 홀로 앉아 마음을 살펴보면 그제야 망념이 사라지고, 진실만 오롯하게 드러남을 깨닫게 된다. 항상 이 가운데에서 큰 즐거움을 얻으니, 이미 진실이 드러남을 느끼면서도 망념에서 달아나기 어려움을 깨닫는다면 또한 이 가운데에서도 큰 부끄러움을 얻게 될 것이다.

살아가면서 만나는 모든 사람들을 다 나의 스승이자 부처라고 여겨야겠다고 마음먹지만 막상 현실에서는 그렇게 행동하지 못할 때가 많습니다. 요즘과 같은 무한경쟁 시대에 많은 사람들이 더불어 살기보다는 혼자 살아남는 것을 선택합니다. 그리고 이런저런 술수로 이기려 합니다. 하지만 인생을 길게 본다면 그것은 적절한 처세술이 아닙니다. 모든 진실은 반드시 드러나기 때문입니다.

『채근담』에서 말하는, 지략과 술수를 알고서도 쓰지 않는 사람은 다른 사람의 모든 수를 알고 있으면서도 눈감아주는 너른 아량을 갖춘 사람일 것입니다. 그와 비교했을 때 내 모습은 너무 초라합니다. 하루살이 같은 인생에서 항상 누군가를 미워하고 탓해왔기 때문입니다. 언제쯤 그런 경지에 오를 수 있을까요? 마음이 얼마나 작아지고 난 뒤에야 큰 바다처럼 넓어질까요? 오늘은 『채근담』과 함께 밤을 지새워야 할 것 같습니다.

# 자기가 태어날 때보다
# 더 가난하게 사는 사람은 없다

세네카의 말에서

어느 시대이건 가난이 미덕이던 때가 있었을까요? 없었습니다. 다만 호사스런 말로 가난을 미화한 적은 있을 것입니다. 그리고 가난을 직접 겪어보지 못한 사람들이 '자발적 가난'이라는 말을 만들어냈을 것입니다. 먹고살 만한 사람들이 '내가 스스로 가난한 사람이 되어보겠다'라고 만든 말입니다. 이 말은 가난을 뼈저리게 겪은 사람들에게는 '모독'이 아닐까요?

그런데 역사 속에서 가난을 진실로 불편하게 여기지 않았던 사람이 있었습니다. 바로 공자의 제자인 안자晏子였습니다. 그의 말을 옮겨봅니다.

부자이면서 교만하지 않은 사람이 있었다는 말을 들어보지 못했습니다. 그러나 가난하면서도 이를 원망하지 않을 수는 있으니, 제가 바로 그러합니다. 가난하면서도 이를 원망하지 않는 태도는 가난을 곧 스승으로 삼고, 가난에서 무엇인가를 배우려는 자세를 가짐으로써 취할 수 있습니다. 이제 저에게 토지를 봉하신다면 저의 스승을 바꾸어놓는 셈입니다. 그리하여 스승은 경시輕視되고 봉해진 토지를 중重하게 여기게 될 것이니, 그 토지를 사양합니다.

이처럼 가난을 스승으로 삼을 수 있는 사람이 얼마나 될까요? 불과 몇 년 전만 해도 우리나라 사람 중에 반절이 넘는 사람들이 자신을 중산층이라고 했다는데, 지금은 대부분이 하류층이라고 여긴다고 합니다. "가난함이 고통을 가져오는 것이 아니라 욕망이 고통을 가져온다"라는 에픽테토스의 말이 맞아떨어지는 시대인가 봅니다.

가난하고 싶어 하는 사람은 세상에 없을 것입니다. 그러나 과도한 욕심 때문에 자신을 더 가난하다고 느낀다면 그것은 큰 잘못입니다. 세네카는 이렇게 말했습니다. "자기가 태어날 때보다 더 가난하게 사는 사람은 없다." 참으로 맞는 말입니다. 인간은 모두 실오라기 하나 가지지 못하고 왔던 곳으로 되돌아갑니다. 그리고 "우리가 찬양하는 것은 가난이 아니라, 가난해도 천해지지 않고 굴복하지 않는 인간이다"라는 말도 새겨둘 만합니다. 이런 태도를 가진다면 이 세상을 제대로 살아볼 수 있을 것입니다.

## 일 분도 시간은 시간이다.
## 결정을 뒤바꾸고 수정할 수 있는 시간

T. S. 엘리엇의 「J. 앨프레드 프루프록의 연가」 중에서

정말이지 시간은 있으리라.

한 번 해볼까? 한 번 해볼까?

정수리에 대머리 반점 하나이고

되돌아서 층계를 내려갈 시간이

내가 한 번

천지를 뒤흔들어볼까?

일 분도 시간은 시간이다.

결정을 뒤바꾸고 수정할 수 있는 시간.

나는 저녁과 아침과 오후의 일상을 알고 있다.

나는 내 삶을 커피 스푼으로 재왔기에.


　　T. S. 엘리엇의 「J. 앨프레드 프루프록의 연가」입니다. 누구나
자신을 바꾸고 싶을 때가 있습니다. 하던 일이 잘 안 될 때, 사랑하
는 사람과 헤어질 때 우리는 자신을 송두리째 바꾸고 싶은 충동에

사로잡힙니다. 그런데 주위를 돌아보면 나 말고 다른 사람들은 다 잘 살고 있는 것처럼 보입니다.

그러다 보면 "남들은 다하는데 나는 왜 안 될까?", "나는 왜 결심만 하고 실행은 못 하는 걸까?" 하며 자책하게 됩니다. 그런 마음으로 지난 세월을 되돌아보면 자신이 정한 테두리에서 한 치도 벗어나지 못한 채 살아왔다는 것을 깨닫게 됩니다. 그리고 앞으로도 지금처럼 살아가게 될 것 같은 마음에 자기 자신이 한심하게 보이기도 합니다. 그렇게 맥 빠진 채 가만히 나를 바라볼 때 시간은 잘도 흘러갑니다.

하지만 우리가 우리 자신을 바꾸는 데는 긴 시간이 필요하지 않습니다. 어쩌면 일 분이면 족할 수도 있습니다. 그렇게 마음먹은 순간 우리는 이미 변화할 기회를 얻게 된 것입니다. 그래서 그 일 분을 다르게 살아보면 앞으로 펼쳐질 미래의 시간도 바뀔 확률이 커집니다. 그렇게 생각해보면 우리는 매 순간 변화할 기회를 얻는 셈입니다. 그러니 일 분의 시간도 함부로 낭비할 수 없습니다. 자신을 변화시킬 순간은 지금도 계속 다가오고 있습니다.

## 생각을 조심하라.
## 왜냐하면 그것은 말이 되기 때문이다

프랭크 아웃로의 말에서

삶의 매 순간이 한 사람의 인생입니다. 순간 속에 행한 한 마디의 말, 한 줄의 글이 인생을 좌우할 수 있기 때문입니다. 그러한 예를 알기 쉽게 표현한 글이 있습니다.

생각을 조심하라.
왜냐하면 그것은 말이 되기 때문이다.
말을 조심하라.
왜냐하면 그것은 행동이 되기 때문이다.
행동을 조심하라.
왜냐하면 그것은 습관이 되기 때문이다.
습관을 조심하라.
왜냐하면 그것은 인격이 되기 때문이다.
인격을 조심하라.
왜냐하면 그것은 인생이 되기 때문이다.

프랭크 아웃로의 말입니다. 인생이란 하나하나 모든 것이 연관 관계를 갖고 이어지는 것입니다. 하지만 그렇다고 해서 평생 동안 너무 많은 규칙을 정해놓고 살 필요는 없습니다. 그것은 감옥 속에 자신을 가둬놓고 사는 것이나 다름없습니다.

무엇보다 세상이나 인생에 대한 균형 있는 자세를 갖추는 것이 중요합니다. 그래서 셰익스피어의 말은 울림이 있습니다. "세상에 절대적으로 좋거나 나쁜 것은 없다. 다만 우리의 생각이 그렇게 만들 뿐이다." 그러니 자신의 생각을 잘 붙들어봐야 할 것입니다.

순간순간 일어나는 모든 일에 자신의 생각이 어떻게 반응하고 행동하는지를 살펴보고 균형을 잘 잡아야 합니다. 좌로나 우로나 치우치지 않는 중심이 있는 사람이 인생을 현명하게 살아갑니다. 인생의 중심 잡기, 이것이 인생사의 고해苦海 중의 고해일 것입니다.

## 세상에서 떠들어대는 '쓸모 있는 사람'은 반드시 쓸모없으며, '쓸모없는 사람'은 반드시 쓸모 있는 사람입니다

박지원의 「영대정잉묵」 중에서

지금이 말세일까요? 태평성대일까요? 아니면 그냥 보통 때일까요? 여러 가지 의견이 있겠지만 태평성대라고 생각하는 사람들은 그리 많지 않습니다. 과학기술의 진보로 과거에 겪었던 불편함들은 많이 개선되었지만 오히려 관계의 불편, 마음의 불편은 더 많아진 것 같습니다. 세상 어디에고 편안한 곳이 없습니다.

어제의 동지가 오늘의 적이 되고, 어제의 적이 오늘의 동지가 되는 세상 속에서 진정으로 사람을 사귄다는 것은 점점 더 어려워지고 있습니다. 하지만 박지원의 글을 보면 이런 현상이 오늘에만 있는 것은 아닌 것 같습니다. 사람을 사귄다는 것은 과거나 현재나 어려운가 봅니다.

말세에 처하여 사람을 사귈 때에 마땅히 상대방의 말이 간략하고 기운이 차분하며 성품이 소박하고 뜻이 검약한가를 살펴보아야 하며, 절대로 마음속에 계교計15를 지닌 사람은 사귀어서는 안 되고, 뜻이 허황된 사람은 사귀어서는 아니 되지요.

세상에서 떠드는 '쓸모 있는 사람'이란 반드시 쓸모없는 사람이며, 세상에서 떠들어대는 '쓸모없는 사람'이란 반드시 쓸모 있는 사람이지요. 천하가 안락하고 향리에 아무런 사고가 없는데, 참으로 쓸모 있는 사람이라면 무엇 때문에 재기才氣를 드러내고 정신을 분발하면서까지 경솔히 남에게 보여주려고 애쓸 까닭이 있겠소.

저와 같이 갑옷을 입고 말에 오르는 것은 겉보기에 용맹한 것 같지만 이는 곧 노인의 상투적인 버릇이요. 60만 군사를 굳이 청한 것은 겁쟁이 같지만 이는 곧 지혜로운 사람의 깊은 꾀랍니다.


이것은 박지원의 「영대정잉묵」중에서 중옥仲玉에게 보낸 네 번째 편지에 실린 글입니다. 어떤 사람이 쓸모가 있고 어떤 사람이 쓸모가 없는가는 그 사람을 직접 겪기 전에는 알 수 없는 일입니다. 하지만 빈 그릇이 더 요란하듯이 어설픈 재기가 학벌이나 인맥 위에 얹어져 오히려 족쇄가 되는 경우가 많습니다.

세상이 어지러울수록 우리는 참된 사람의 길을 걷는 사람들을 찾아내야 할 것입니다. 그리고 그들과 함께 성실히 살아가야 할 것입니다. 모든 사람들이 자신의 쓸모를 찾아내 충실히 살아갈 때 말세의 징후는 사라지고 태평성대의 앞날이 비칠 것입니다. 그때쯤이면 『파우스트』에 등장하는 린세우스가 말한 "세상은 있는 그대로가 내 마음에 드는구나!"라는 말이 저절로 나오겠지요. 오늘도 나는 그런 미래를 그려봅니다.

## 성공은 기꺼이 결행하는 자에게
## 주어지게 마련이다

헤로도토스의 『역사』 중에서

"사랑한다고 말할 걸 그랬지, 임이 아니면 못 산다 할 것을. 사랑한다고 말할 걸 그랬지, 망설이다가 가버린 사람." 김추자의 「님은 먼 곳에」의 가사 한 구절입니다. 사랑한다는 말도 못 한 채 헤어져버린 사람에 대한 그리움이 담긴 가사입니다. 사랑한다는 말을 한다는 것은 그만큼 용기가 필요한 것입니다. 송창식은 「맨 처음 고백」에서 사랑한다는 말을 망설이는 남자의 심정을 잘 표현했습니다. "말을 해도 좋을까. 사랑하고 있다고. 마음 한 번 먹는 하루 이틀 사흘."

나는 젊은 시절 중요한 일 앞에서 또는 사랑 앞에서 망설이는 사람이었습니다. 어떠한 결단도 내리지 못하고 미루는 편이었습니다. 그렇게 세월은 빠르게 흘러갔습니다. 다음은 그때 내가 읽었으면 좋았을 글입니다.

아르타바노스가 다음과 같이 말했다.

"저는 계략을 세우는 데 있어서는 모든 예측키 어려운 사태를 고려하면서 소심하게 행동하고, 실행에 있어서는 대담무쌍하게 행동하는 자야말로 이상적인 인물이라고 믿고 있습니다."

이 말에 크세륵세스가 다음과 같이 답했다.

"아르타바노스여, 그대가 한 말은 하나같이 옳은 것이지만, 그렇게 무엇이든 두려워하거나 일어날 수 있는 일을 모두 다 고려하지 마시오. 어떤 사항에 대해 온갖 가능성을 일일이 감안한다면 결코 아무 일도 하지 못하게 될 것이오.

오히려 만사를 대담하게 결행하고 염려되는 위협을 반쯤은 감수하는 편이, 사전에 온갖 위험을 피하기 위해 행동을 회피하는 것보다는 나을 것이오. 그대가 다른 사람들의 의견에 일일이 반대할 경우 그대의 주장이 확실히 옳다는 것을 증명할 수 없다면, 그대의 반론 또한 그대와 견해를 달리하는 사람들의 주장과 마찬가지로 다른 것일지도 모르오.

어느 쪽 주장이 옳은가 그 가능성은 반반이오. 인간의 몸으로 어떻게 확실한 것을 알 수 있겠소? 나는 그것을 인간의 몸으로는 불가능하다고 생각하오. 그러므로 일반적으로 성공은 기꺼이 결행하는 자에게 주어지게 마련이며, 이런저런 생각으로 머뭇거리며 몸을 사리는 사람에게는 성공의 가능성이 주어지지 않소."

헤로도토스의 『역사』 중 제7권 「원정군의 출발」에 실린 글입니다. 아이러니하게도 우유부단한 나를 변화시킨 것은 군대생활이었습니다. 그곳에 있으면서 세상 모든 것이 나쁜 것과 좋은 것으로 나뉠 수 없다는 것을 배웠습니다. 무엇을 판단하기 전에 먼저 시작하는 것이 낫다는 것도 알게 되었습니다.

머뭇거리지 말 것, 원하는 일을 실천할 것, 1분 1초도 허비하지 말 것. 내가 내 자신에 보내는 전언입니다.

## 희망을 갖지 않는 것은 어리석다.
## 희망을 버리는 것은 죄악이다

헤밍웨이의 『노인과 바다』 중에서

이 세상을 살면서 절대 놓치지 않아야 할 것이 있다면, 그것은 바로 희망입니다. 모든 것이 끝났다고 생각되는 인생의 마지막 순간에도 삶을 삶이게 만드는 것은 희망입니다. 누구도 도와줄 수 없는 칠흑 같은 어둠 속에 갇힌 인생에게도 가장 필요한 것은 희망입니다.

누군가가 알렉산더 대왕에게 가장 아끼는 보물이 무엇이냐고 물었습니다. 그는 '희망'이라고 대답했습니다. 그리고 헤밍웨이는 『노인과 바다』에서 이렇게 말했습니다. "희망을 갖지 않는 것은 어리석다. 희망을 버리는 것은 죄악이다." 희망이 생길 틈이 없는 곳에서도 우리는 끝없이 희망을 외쳐야 합니다. 그것이 생명을 가진 우리의 의무입니다. 영국의 농학자이자 통계학자인 로널드 피셔는 이렇게 말했습니다.

두려움은 작게, 희망은 크게, 음식은 적게, 씹기는 많이, 울음

소리는 작게, 호흡은 크게, 소리는 작게, 해야 할 일은 많이, 미움은 적게, 사랑은 많이, 그러면 모든 좋은 것은 그대의 것이다.

"두려움은 작게, 희망은 크게"라는 말처럼 우리는 장애물 앞에 서 있어도 결코 희망을 버려서는 안 됩니다. 그럴수록 오히려 더 큰 희망을 가져야 합니다. 좌절을 극복할 힘이 거기에서 나오기 때문입니다. 거친 파도 앞에서도 언제나 당당했던 『노인과 바다』의 주인공이 생각납니다. 우리는 그렇게 어깨를 펴고 세상 앞으로 걸어나가야 합니다. 그때야말로 희망이 소리 없이 우리 곁으로 다가올 것입니다.

# 온전히 아름다운 땅은 없다

선현의 말씀에서

　문장을 하는 선비 중에는 혹 그 글의 결점을 말해주면 기뻐하며 즐겨 듣고 고치기를 흐르는 물처럼 하는 사람이 있는가 하면, 혹은 화를 내고 스스로 그 결점을 알고도 일부러 고치지 않는 사람도 있다.

　고봉高峰 기대승奇大升은 자신의 문장을 자부하며 즐겨 남에게 굽히지 않았다. 지제교(임금의 교서를 쓰는 담당관)가 지은 글에 승정원 찌를 붙여 그 결점을 지적하니, 화를 내며 아전을 꾸짖고는 한 글자도 고치지 않았다. ……

　정사룡鄭士龍은 자신이 지은 시를 사람들에게 보여주어 누군가 결점을 말해주면 혼연히 허심탄회하게 받아들이며 고치기를 흐르는 물처럼 하였다. 퇴계가 혹 흠을 지적하여주면 정사룡은 붓을 들어 조금도 싫어하는 기색 없이 고쳤는데, 퇴계도 그가 거스르지 않음을 아름답게 여겼다.

　일찍이 정시庭試(대궐 뜰에서 관원에게 보이던 시험)에 퇴계는 등

왕각王閣을 제목으로 한 배율排律 20운을 짓고는 정사룡의 율시를 보자고 청하니, 정사룡은 자신이 기초한 것을 보여주었다. 퇴계가 읽다가 "달빛이 처마의 빈 곳으로 들어오니 새벽에 앞서서 밝고 바람이 성긴 주렴에 스며드니 가을 안 되었어도 서늘하구나"라는 대목에 이르러서는 무릎을 치며 감탄하였다. "오늘 시험에 당신이 장원이 되지 않으면 그 누가 되겠는가?" 하고 퇴계는 자신의 시는 소매에 넣고 끝내 내놓지 않았으며 결국 시험지도 제출하지 않고 돌아갔다.

유몽인의 『어우야담於于野譚』 중에서 「오기傲忌」 편에 실린 글입니다. 글을 쓰는 사람들은 대부분 자신의 글에 자부심을 갖고 있습니다. 그래서 한 글자도 바꾸기를 싫어하는 사람들이 종종 있습니다. 반대로 다른 사람이 지적한 것들을 잘 수정하는 사람들도 있습니다. 두 가지 다 타당성은 있습니다.

나는 후자에 속하는 사람입니다. 하늘 아래에 새로운 것이 어디 있느냐는 입장입니다. 풍수에서 말하는 것처럼 "온전히 아름다운 땅은 없다"고 생각하는 것입니다. 온전히 아름답지 않기 때문에 아름다워지기 위해 노력하고 다른 사람들의 도움을 기쁘게 받아들이는 것입니다. 이러한 겸손한 자세야말로 세상을 살아가는 지혜가 아닐는지요.

## 승리만이 미덕이고 그것만이 고취될 때
## 가장 긴요한 미덕은 실패할 수 있는 능력이다

정현종의 『나는 별 아저씨』 중에서

여기도 그렇고 저기도 그렇습니다. 온통 뒤죽박죽입니다. 웃고, 증오하고, 슬픈 체하고, 그리고 주먹질합니다. 권모술수만 난무하고 공존이나 사랑은 사라졌습니다. 신문과 방송에서 보는 세상 풍경입니다.

더 이상 인간이 존재하지 않는다. 인간은 존재하기를 그쳤다. 물질과 허깨비만이 왔다 갔다 한다. 보이지 않는 공포와 가장 강력한 뒤범벅을 우리는 오늘날 삶이라고 부른다. 게다가 그 공포와 경멸을 더 많이 차지하겠다고 사람들은 경쟁적으로 싸우고 있다.

하하, 그러니 그 삶이라는 것에 손이 닿자마자 손은 썩기 시작하고 그 삶이라는 것 속에 발을 들이밀자마자 발은 썩어버린다. 그 문드러진 팔다리로 나는 힘차게(?) 걸어간다는 것이다. 그리하여 거짓과의 타협을 우리는 오늘날 삶이라고 부른다. 그리고 더 많은 거짓을 차지하기 위하여 사람들은 경쟁적으로 싸우고 있다. 술보다 더 지독한 마약이 필요하다.

정현종 시인의『나는 별 아저씨』중에서「절망할 수 없는 것조차 절망하지 말고」라는 시입니다. 싸움에서 지면 심연을 알 수 없는 절벽 아래로 추락하는 수밖에 없다고, 이겨야 한다고 안간힘을 쓰는 사람들의 틈바구니에서 왜 패배하는지도 모르고 죽어가는 수많은 사람들이 있습니다. 다시 정현종 시인은 묻습니다.

승리만이 미덕이고 그것만이 고취될 때 가장 긴요한 미덕은 실패할 수 있는 능력이다. 나는 승리를 부끄러워할 것이다. 만일 그것이 나쁜 승리라면, 나는 과연 실패할 수 있을까.

그러나 현실 세계에서 실패는 미덕이기는커녕 절망이고 설명할 수 없는 슬픔입니다. 하지만 누군가는 지는 것이 곧 이기는 것이라고, 그것이 곧 진정한 삶의 시작이라고, 절망의 늪에서 가장 아름다운 연꽃은 피어난다고, 우기는 사람도 있어야 하지 않을까요? 나는 그런 사람들이야말로 결국에는 진짜 승리를 맛본다고 믿습니다.

# 인간은 경의를 표하는 것을 배워야 한다

니체의 『즐거운 지식』 중에서

한 지인에게 "칭찬에 인색하다"는 말을 들은 적이 있습니다. 그 말을 듣고서 나는 '그럴 법도 하다' 생각했습니다. 내 본래 성품이 내성적이고 수줍음이 많기 때문에 충분히 그렇게 볼 수 있을 것입니다. 하지만 말로 표현하지 못할 뿐이지 감사하는 마음과 칭찬하는 마음이 없는 것은 아닙니다.

인간은 경멸을 배우는 것 못지않게 경의를 표하는 것을 배워야만 한다. 새로운 길을 걷고, 많은 인간들을 새로운 길로 인도했던 사람들은 전부 다음과 같은 발견을 하고 놀란다.

많은 사람들이 자기들의 감사를 표하는 능력에 있어 얼마나 서투르고 얼마나 형편없었는가 하는 것을, 아니 일반적으로 감사라고 하는 것을 거의 표현하지 않고 있다는 것을, 그것은 마치 감사를 표시하고자 할 때마다 막히기 시작하고 헛기침을 하며 감사가 말로 되어 나오기 전에 침묵하게 되는 것처럼 보인다.

어떤 사상가가 그의 사상적 영향과 그 개혁적, 혁명적 위력을 스스로 느끼는 과정은 거의 희극이다. 때때로 이러한 영향을 느껴온 사람들이 실제로 마음속에는 모욕당한 것처럼 느끼고 있으며, 위협받고 있던 자기의 독립을 다만 온갖 부작법不作法 형태로만 표현하는 식으로 된다.

단지 감사에 대한 예의바른 관례를 고안하기 시작하는 데만도 수 세대를 필요로 한다. 그리고 감사했던 것에서조차 일종의 정신과 천재성이 관통하는 시기는 매우 더디게 온다. 그 시기에는 통상 위대한 감사의 수혜자가 출현한다. 하지만 그것도 그 자신이 스스로 행해온 선한 일 때문이 아니라 그의 선배들로부터 최고로 선하고 고귀한 보배로서 축적되어져온 것들에 대한 감사의 수혜자가 되는 것이다.

프리드리히 니체의 『즐거운 지식』 중에 「경의敬意를 표하는 것을 배워야 한다」는 글입니다. 진정한 칭찬이나 감사 그리고 인정을 해주면 상대방은 삶의 희망과 활기를 찾습니다. 그래서 나도 감사를 눈빛으로만 표현하지 말고 말로 해야겠다고 다짐했습니다.

랠프 월도 에머슨은 "다른 사람을 존경해야 자기도 존경받을 수 있다"고 했습니다. 괴테는 "스스로를 존중하는 사람은 모든 사람이 존중하게 된다"고 했습니다. 모두 다 맞는 말입니다. 나부터

도 주변에 있는 모든 것들에게 칭찬과 감사, 그리고 경의를 표하면서 살아야겠습니다. 당신이 동참한다면 세상은 그만큼 따뜻해질 것입니다.

## 고통을 철저하게 경험하는 것에 의해서만
## 그것은 치유된다

마르셀 프루스트의 말에서


인사동에서 오랜만에 만난 도반들과 반가운 인사를 나누고 내년에 걸어갈 길을 점검했습니다. 내가 가보지 않은 미지의 길도 있지만 이미 여러 번 오고 간 길도 있었습니다. 길을 나선다고 생각하는 순간, 미지의 길에 대한 설렘과 낯선 것에 대한 두려움이 함께 찾아왔습니다. 하지만 우리 국토에 아직도 걸어갈 길이 많이 남아 있고 그 길을 따라 걷고자 하는 도반들이 곁에 있다고 생각하니 저절로 힘이 났습니다.

세 사람이 길을 갈 때, 그중 한 사람이 길을 잘못 든다면 그래도 목적지를 찾아갈 가능성은 남아 있다. 그러나 셋 중에서 둘이 길을 잘못 드는 경우는 어떻게 되겠는가, 아무리 고생하여 보았자 목적지를 찾아갈 수 없을 것이다. 미혹한 자가 많기 때문이다. 지금, 천하가 모두 미혹한데 나 혼자만이 도를 구한다지만 얻을 수 없을 것이다. 참으로 슬픈 일이 아니겠는가?

『장자』의 「천지」 편에 실린 「세 사람이 길을 갈 때」라는 글입니다. 장자를 읽다 보니 길을 잃고 헤매던 날들이 문득 떠오릅니다. 그리고 아무리 보아도 알 수 없는 길에 서서 서성거리던 우리 모습이 떠오릅니다. 하지만 그러한 고통의 나날을 견디지 않고 얻을 수 있는 것은 없습니다. 그래서 그리스 3대 비극작가인 아이스킬로스는 "고통의 보수는 경험이다"라고 말했고, 소설가 마르셀 프루스트는 "고통을 철저하게 경험하는 것에 의해서만 그것은 치유된다"고 말했을 것입니다.

오늘 나는 이런 기도를 했습니다. '내년에는 길 위에서 길을 잃고 더욱 방황하게 하소서.' 하지만 그 순간이 와도 기댈 곳이 있습니다. 내 곁에 함께 있어줄 현명한 도반들이 있기 때문입니다.

## 사람을 마구 영접하지도,
## 마구 거절하지도 말아라

유향의 『설원』 중에서

복자천宓子賤이 선보의 책임자가 되어 떠나면서 선생님夫子에게 인사차 들렀다. 이때 공자가 이렇게 당부하였다.

"사람을 마구 영접하지도, 마구 거절하지도 말아라. 그리고 또 남을 마구 우러러보지도, 마구 허락하지도 말아라. 마구 허락하면 지켜내기 어렵고, 마구 거절하면 꽉 막혀 아무것도 모르게 된다. 비유컨대 높은 산과 깊은 물은 바라보아도 오를 수 없고, 헤아려보아도 길이를 모르는 것과 같다."

그러자 자천이 이 말에 이렇게 대답하였다.

"알겠습니다. 감히 명을 받들지 않겠습니까?"

유향劉向이 지은 『설원設苑』에 실린 글입니다. 이 글은 인간관계에 대해 말하고 있습니다. 사람을 너무 가까이 하지도 그렇다고 너무 멀리하지도 말라고 합니다. 하지만 이 말은 지키기가 어렵습니다. 이러한 이치를 잘 알면서도 그것을 잊은 채 행동할 때가 많이 있습니다. 그렇다면 다른 사람들은 어떤 기준으로 인간관계를 맺을까요?

다음은 에커만의 『괴테와의 대화』에 실려 있는 글입니다. 복잡한 인간관계에서도 그 사람의 본심을 더 신뢰하고자 하는 괴테의 생각이 잘 드러나 있습니다.

괴테와 에커만이 산책을 하고 있던 중에 그들이 잘 아는 어떤 사람이 이해할 수 없는 행동을 하는 것을 우연히 보게 되자 에커만이 그것을 보고 괴테에게 물었다.

"선생님 지금 그것을 보셨습니까. 제 눈을 믿어도 되겠습니까?"

이 말을 들은 괴테는 다음과 같이 대답했다.

"나는 보았네. 그러나 나는 믿지 않는다네."

러시아 속담에 "복장으로 맞이하고 지혜로 배웅한다"는 말이 있습니다. 처음 만날 때는 그 사람에 대해 모르기 때문에 입고 있는 옷이 어떤지에 따라 대접을 하지만 손님이 돌아갈 때쯤이면 그 사람이 어떤 인품인지 알게 되므로 그것에 따라 배웅한다는 뜻입니다.

사람이 사람을 제대로 안다는 것은 어려운 일입니다. 하지만 그

바탕에 사랑을 두고 만나는 것과 그렇지 않은 것은 천지 차이입니다. 알쏭달쏭한 사람의 마음을 큰 사랑으로 끌어안을 수 있는 넉넉한 품을 가져야겠습니다.

**시간을 적절하게 사용해야 하리라.**
**세월은 사람을 기다리지 않는다**

도연명의 『잡시』 중에서


인생이란 확고함 없이
먼지처럼 여기저기 날린다.
바람 따라 흩어지고 굴러다니니
영원한 존재가 아님을 알겠구나,

이 땅에 태어났으면 모두가 형제이거늘,
굳이 혈연을 따질 이유가 있을까?
기쁘면 즐거워하고,
이웃을 불러 모아 술대접하지.

청년 시절 다시 오지 아니하고
하루의 새벽 또한 한 번뿐
시간을 적절하게 사용해야 하리라.
세월은 사람을 기다리지 않는다.

도연명의 『잡시』에 나오는 시 한 편입니다. 도연명은 여기서 인간의 일생이 너무나 짧다고 말하고 있습니다. 마치 먼지와 바람 같다고 비유하고 있습니다. 그리고 한 인간으로 태어났으니 모두가 다 같은 형제라고 말하고 있습니다. 짧은 인생을 살면서 같은 인간으로 태어난 것에 기뻐하며 통 크게 함께 어울리자고 합니다.

　하지만 나는 가고 오지 않는 것이 세월이라는 것을 잘 알면서도 세월이 훌쩍 흘러갔으면 싶을 때가 있습니다. 그리고 어느 날, 세상 구경을 다 마치고 돌아가는 날이 빨리 왔으면 하고 갈망할 때가 있습니다.

　창문 너머로 보이는 아침, 나무숲은 바람이 없기 때문에 흔들림이 없는데, 나의 마음은 바람이 없어도 이리저리 흔들립니다. 그럴 때면 도연명의 시를 읽으면서 인생과 인간에 대한 폭넓은 시야를 배우고 싶습니다. 짧은 인생, 세월은 우리를 기다려주지 않기 때문입니다.

## 적은 나의 좋은 벗이라고 말할 수 있다.
## 적은 차라리 좋은 자극제이기 때문이다

카를 힐티의 『행복론』 중에서

적은 항상 가까운 곳에 있습니다. 이 말은 진정 사실입니다. 어제의 동지가 오늘의 원수가 된 예는 너무도 많습니다. 그 적들이 여기저기서 칼을 겨누고 있습니다. 그러다가 다시 어떤 이유에서 손을 마주 잡고 미소를 지으며 서로를 바라볼 때도 있습니다. 그러한 풍경을 보고 있는 사람들은 어이가 없을 뿐입니다.

그렇지만 뭐니 뭐니 해도 진짜 적은 바로 나 자신입니다. 어쩌면 눈에 보이는 적보다 더 무섭습니다. 마음먹은 대로 나 자신을 바꾸기 어렵기 때문입니다.

내 편이 아닌 사람은 나의 적이다. 적이라는 것은 내 마음의 한 귀퉁이를 점령하고 있는 존재로서, 결국 내가 저항하고 다스려야 할 부분이므로 그것은 내 마음 속에 있다. 그런 의미에서 적의 존재는 내가 다스려야 할 내 마음의 어떤 부분을 가리키는 것이 된다. 나의 편도 아니고 나의 적도 아닌 무관심한 사

람들이야말로 정말로 나에게 해로운 존재다. 엄밀한 의미에서 볼 때 적은 나의 좋은 벗이라고 말할 수 있다. 적은 차라리 좋은 자극제이기 때문이다.

카를 힐티는 『행복론』에서 가장 무서운 적은 나의 적도 나도 아닌 나에게 무관심한 사람이라고 말하고 있습니다. 반면 니체는 『차라투스트라는 이렇게 말했다』에서 다음과 같이 말하고 있습니다.

　싫어해야 할 적을 만들어라. 결코 경멸해야 할 적을 만들어서는 안 된다. 너는 너의 적에 대해서 긍지를 가질 수 있어야 한다.

동서고금의 많은 지혜 있는 사람들이 말했습니다. "원수를 사랑하라", "사랑해야 할 적을 가져라", "적은 나의 가장 좋은 친구이다" 등 좋은 말은 많지만 그것을 실행하는 것은 말처럼 쉽지 않습니다. 하지만 한 가지 공통적인 교훈은 적을 적이라 여기지 말고 나 자신을 훈련하는 데 도움을 주는 친구라고 생각하라는 것입니다. 그렇게 된다면 적은 우리에게 해를 끼치는 존재가 아니라 우리의 삶을 풍요롭게 해주는 자극제가 될 것입니다.

# 괴로움은 영혼을 숭고하게 만든다

세네카의 말에서

살다가 보면 어느 순간 가슴이 탁 막히며 삶의 목적을 상실할 때가 있습니다. 그때는 정말이지 삶의 끈을 놓아버리고 싶습니다. 하지만 거기서 조금만 더 참아 위기의 순간을 견뎌내면 그다음에는 새로운 삶의 방향이 보이게 마련입니다. 하지만 절박한 위기의 순간을 견뎌내기란 말처럼 쉽지 않습니다. 그러한 순간에 대해 니체는 다음과 같이 말했습니다.

등산의 기쁨은 정상을 정복했을 때 가장 크다고 한다. 그러나 나의 최상의 기쁨은 험악한 산을 기어오르는 순간에 있다. 길이 험하면 험할수록 가슴이 뛴다. 인생에 있어서 모든 고난이 자취를 감췄을 때를 생각해보라. 그 이상 삭막한 것이 없으리라.

역경에 처했을 때 가슴이 뛴다니 정말 경이로운 경지입니다. 세네카 역시 그와 비슷한 말을 남겼습니다.

괴로움을 겪지 않고서는 어떤 사람도 숭고하게 될 수 없다. 괴로움은 영혼을 숭고하게 만든다. 괴로움을 견디면 견딜수록 비천한 인격은 점점 자취를 감추고 사상적 감정과 의지가 순화되어 고상하고 의젓한 기품을 갖게 된다.

세네카는 괴로움을 고상한 영혼을 만드는 데 없어서는 안 되는 일종의 통과의례로 보았던 것입니다. 평생을 가난과 고통과 죽음에 대한 공포 속에서 보낸 도스토옙스키는 인생의 괴로움에 대해 어떤 말을 남겼을까요?

인생은 괴로움이다. 인생에 괴로움이 없다면 무엇으로써 만족이라는 것을 얻을 것인가?

나는 삶이 시작되면서부터 내게 부여된 인생의 괴로움 때문에 허둥지둥 살아온 것 같습니다. 하지만 고난도 슬픔도 나의 힘이라 여기며 살아왔습니다. 그러한 마음가짐은 지금도 변함이 없습니다. 오늘따라 "나그네에게 유일한 즐거움은 참고 견디는 것뿐이다"라는 헤르만 헤세의 『유리알 유희』의 한 구절이 제 마음을 어루만져줍니다.

# 나 이외에는 모두가 나의 스승이다

『법구경』 중에서

이미 봄이 되었는데, 아름다운 얼굴을 대하지 못하여 마음이 우울하던 차 편지가 이르렀습니다. 온 집안이 새해를 맞아 경사롭다 하니 천만 번 축하하는 바입니다. 어버이 곁을 떠나 나이만 더하게 되니 편안치 못한 그 심정 무어라 말할 수 있겠습니까?

『예기禮記』에 "널리 배우고 자세히 따져 물으라" 하였는데, 그 말은 남아 있으나 그를 실천하는 사람은 없어진 지 오래입니다. 재주 있는 사람은 교만하여 배우지 않고, 우매한 사람은 수치스럽게 생각하여 묻지 않으니 이 모두 사람이 아닙니다. 넓고 넓은 이 대지에 보이는 곳과 발이 닿는 곳이 모두 알 수 없는 물건이요, 이해할 수 없는 일들입니다.

형의 박통博通한 학식이 부족하다 할 수 없음에도 불구하고 모자란 저에게 물음을 기탄하지 않으니, 제가 비록 재주는 없으나 어찌 감히 아는 대로 대답해드리지 않겠습니까? 그러나 집에 장서가 없어서 다만 억대膽對에 불과한 처지라, 만 가지를 빠뜨리고 하나를 겨우 들어주는 것이 해박한 그대의 식견을 흡족하게 넓혀줄 수 없으니 한스럽습니다.

이 글은 이덕무의 『청장관전서靑莊館全書』 중 「간본 아정유고 제 7권 문」에 실린 글로 이덕무가 박제가의 물음에 답한 편지입니다. 폭넓게 세상을 보고 세상 모든 것에서 배움을 얻으려 했던 선현들의 생각이 무척 깊음을 느끼게 됩니다.

언젠가 둘째 아들이 근무하는 부대에 갈 일이 있었습니다. 막사에 들어서기 전 부대 앞에 내어 걸린 글 「즐거운 우리 집」에 한 번 놀랐고, 막사 안의 달라진 구조에 또 한 번 놀랐습니다. 어디 그뿐이겠습니까? 1976년 맨 처음 받았던 이등병 월급이 690원이었다가 1978년 마지막 받은 병장 월급이 2,400원이었는데, 지금은 병장 월급이 10만 원쯤 한다는 말에 또 한 번 놀랐습니다.

월급날이 즐거운 날이 아니고 피엑스에서 월급보다 많이 사먹은 사람들이 인사계한테 매 맞는 날이었는데, 남는 밥인 짬밥이라도 더 주워 먹으려고 아우성이던 시대가 지나고 남은 밥을 처치하기 어려운 시대가 되었다니 '상전벽해桑田碧海가 바로 이것이로구나'라고 느꼈습니다.

저녁을 먹고 강연을 시작하기 전 문득 떠오른 생각이 있어 그 사건부터 풀어나갔습니다. 훈련병 시절 어느 아침이었습니다. 열다섯 명의 동기생들이 피엑스에서 과자를 사먹다 들켰습니다.

"이 새끼들 아침부터 과자를 사 먹어, 누가 먹으라고 그랬어, 군기가 빠졌구나? 저기(동산)에 올라간다. 가서 '다시는 과자를 사 먹지 않겠습니다'를 오백 번을 복창한다. 알겠나? 실시!"

스물두 서너 살 먹은 건장한 대한민국 청년들이 아침에 과자를 사먹었다는 해괴한 죄목으로 한 사람은 숫자를 세고 나머지는 같은 말을 오백 번이나 소리 높여 외치는 풍경은 이제 다 옛일이 되었습니다.

30여 년이 지난 지금 내가 둘째 아들이 근무하는 부대에서 250여 명의 장병과 간부들에게 강연을 하게 될 줄 누가 알았겠습니까? 나는 눈매가 초롱초롱한 장병들에게 이 시간도 인생에 있어서 아주 중요한 때라는 것을 역설했습니다. "나 이외에는 모두가 나의 스승이다"는 『법구경』의 이야기를 들려줬고, 이 나라 산천 어디고 간에 널린 모든 것들이 우리의 물음에 답하기 위해 기다리고 있다고 말했습니다. 그리고 2박 3일 동안 짧은 휴가를 받은 아들과 함께 돌아오는 길, 어둠이 깊어가고 있었습니다.

# 나는 의욕껏 배우면서 늙어간다

장 자크 루소의 『고독한 산책자의 몽상』 중에서

"나는 의욕껏 배우면서 늙어간다." 플루타르코스가 지은 『플루타르코스 영웅전』에 나오는 인물 귀족 솔론은 말년에 이 시구를 가끔 되풀이했다. 노경에 이른 나를 두고 하는 말인 것 같다. 지난 20년 동안 얻은 지식은 실로 쓰라린 체험을 통해 얻어낸 것이다. 차라리 아무것도 모르는 무지의 상태였더라면 훨씬 나았을 것이다. 역경이란 것이 때로는 위대한 스승이 될 수도 있다는 이치를 터득해내는 데 아주 값비싼 보수를 지불해야 하지만 여기서 얻은 이치가 때로는 이미 치룬 보수만큼도 못한 경우가 없지 않다. 청년 시절엔 지혜를 갈고닦고 노년은 익힌 지혜를 실천하는 시기다.……

결국 시간의 흐름과 나의 오성悟性이, 이 슬픈 진실의 가면을 벗겨주었다. 이것이 불행이구나 하고 어렴풋이 느끼면서도 닥쳐올 불행에 아무런 대책도 없이 나의 운명이 임종에 한없이 접근하고 있다는 사실만 깨닫고 있었을 뿐이다. 이런 점으로 미뤄

이 나이에 내가 쌓아올린 경험이란 결국 부질없는 도로徒勞에 지나지 않고 말리라.

노인에게 배울 것이 있다면 그것은 오직 한 가지, 죽는다는 것일 게다. 그러나 나 또래의 노인들은 그 공부마저 게을리하고 있다. 다른 잡다한 것은 다 생각하면서 소중한 이것만은 등한히 여기고 있다.


이 글은 장 자크 루소의 『고독한 산책자의 몽상』에 실린 글입니다. 태어나서 살다가 죽는 운명을 가진 사람들이라면 누구나 이 굴레에서 벗어날 수 없습니다. 그러면서도 인간은 평생 죽지 않을 것처럼 임종의 시간을 잊어버리고 살아갑니다. 그리고 인생의 많은 시간을 쓸데없는 일에 허비하고 있습니다. 하지만 지금 우리가 가지고 있는 모든 것들은 우리가 살아 있기에 누릴 수 있는 것들입니다. 살아 있기 때문에 걷고, 살아 있기 때문에 누군가를 그리워하고, 살아 있기 때문에 누군가를 사랑하기도 하고 미워하기도 하는 것입니다. 살아 있다는 것 그것만이 진실이고, 그것만이 최선일지도 모릅니다. 죽음이 우리를 받아들이는 시간, 그 시간이 그리 멀지 않았습니다. 이제부터라도 정신을 차리고 인생에서 진짜 중요한 것들을 경험해야 할 것입니다. 그것이 살아 있는 우리의 의무입니다.

**실패는 하나의 교훈이며**
**상황을 호전시킬 수 있는 첫걸음이다**

필립스의 말에서


성공이란 지극히 달디 단 것
결코 성공해보지 못한 이들에겐, 허나 감로수의 맛이란
쓰라린 가난이 지나간 뒤에야 알 수 있는 것

오늘 붓꽃을 들고 있던
자주 빛 미사복의 그 어떤 신부님도
그렇게 명증明證히, 승리를
정의해 내릴 수는 없다.

그처럼 패배하고, 죽어가면서
들리지 않는 귓가로
승리의 머나먼 여율旅律은
울린다. 괴로움에 차서, 허나 분명히,

에밀리 디킨슨의 「성공이란 지극히 달디 단 것」이라는 시입니다. 무엇이 성공이고 무엇이 실패인지를 정확하게 알 수 있는 사람은 세상 어디에고 없습니다. 다만 눈에 보이는 것을 통해 성공과 실패를 어느 정도 가늠해볼 수 있을 뿐입니다.

그러나 패배자의 눈물이나 승리자의 웃음은 그것을 맛보지 못한 사람은 결코 알 수 없습니다. 그리고 요즘에는 성공의 기준이 재물과 권력을 얼마나 많이 가지고 있느냐입니다. 그래서 "고기도 먹어 본 사람이 잘 먹는다"는 옛말처럼 재물과 권력을 조금이라도 맛 본 사람들은 그 속에서 육신이 분해되고 해체되는 한이 있더라도 그것을 붙잡으려 합니다.

미국의 필립스는 "실패는 하나의 교훈이며 상황을 호전시킬 수 있는 첫걸음이다"라고 말하기도 했지만 이 세상 누구도 실패를 달가워하지 않습니다. 그러나 한 가지 확실한 것은 실패가 없는 성공이란 있을 수 없다는 사실입니다. 인간이 신이 아닌 이상, 언젠가는 실패를 맛보게 됩니다. 그때는 실패를 다르게 받아들여야 합니다. 끝이 아닌 또 다른 시작이라고 받아들여야만 성공을 향해 나아갈 수 있습니다. 그렇기에 실패는 성공의 또 다른 이름입니다.

# 창조란 불행한 것들 사이로
# 자신의 길을 그어나가는 것이다

들뢰즈의 말에서

새로운 한 해가 밝았습니다. 그대 앞에 또 다른 일 년이라는 시간의 백지장이 펼쳐져 있습니다. 아직 그 누구에게도 보여주지 않은 그래서 아직까지 온전하게 그대의 것이며, 신비한 베일에 싸여 있는 새해, 그 시간과 공간 위에 그대는 어떠한 글과 그림을 채우시렵니까?

"모든 시작은 삶을 사랑하는 사람에게는 아름답기 그지없는 일이다"라고 장 그르니에는 말했습니다. 또한 소포클레스는 『오이디푸스 왕』에서 "내 운명이 가려는 곳으로 내 운명을 가게 하라"라고 말했고, 괴테는 『파우스트』에서 "만일 내가 흔들흔들 뒤흔들지 않으면 어떻게 세계가 이렇게 아름다워질 수 있었을까?"라고 강변했습니다. 이렇게 우리는 옛사람들의 말에 힘을 얻어 다시 한번 창의적인 삶을 살아볼 다짐을 해봅니다.

프랑스의 철학자 들뢰즈는 "창조란 불행한 것들 사이로 자신의 길을 그어나가는 것이다"라고 말했습니다. "헤매다 길을 잃는 것

이 한 번도 헤매어보지 못한 것보다 낫다"라는 말이나 "감각을 질서 있게 혼란시킨다"라는 말을 믿고 자신의 삶을 한 번쯤 던져놓아봅시다. 그러나 인간의 삶이 일곱 빛깔 무지개처럼 화려하지만은 않다고 세네카가 경고합니다. 하지만 "자기의 생존에 대한 이유 없는 불안"이 삶의 진정성을 확보해주는 것이 아닐까요.

기다림을 맞을 준비를 하는 것, 그것은 새로운 원천이 솟구쳐 오름을 기다리는 것이다. 고독 속에서 낯선 얼굴과 목소리를 준비하는 것이다. …… 자기 자신 속에서 남쪽을 다시 발견하고 밝게 빛나는 비밀스런 남쪽의 하늘을 자신 위에 펼치는 것이다.

니체가 말한 것입니다. 이 말처럼 당신도 나도 한 해의 시작을 긍정적인 빛깔로 채우기를 소망합니다.

진실은 우선 어둠 속에서
자신의 몫을 할 줄 아는 사람에게
그 모습을 드러낸다

장 폴랑의 말에서


아마 당신은 이렇게 묻고 싶겠지요?
"그 전설이 사실이라고 확신하는가?"
하지만 나의 밖에 있는 현실이라는 것도,
그것이 나의 삶에 도움이 되지 못한다면,
그리고 '나는 존재한다, 나는 이런 인간이다'라고
느낄 수 있도록 도와주지 못한다면
도대체 무슨 소용이 있겠습니까?


샤를 보들레르의 시 「창문」입니다. 제 생각에는 보들레르의 시 속에 나오는 전설을 또 다른 무엇으로 비교할 수 있을 것 같습니다. 이를테면 정치, 사랑 혹은 또 다른 무엇으로 말입니다. 그래서 그 시대가 의도했거나 의도하지 않았거나 둘 중의 하나, 또는 우연일 수도 있고 감금되어 있을지도 모를 밀폐된 창문을 활짝 열어보면 어떨까요? 정치를 혹은 사랑을 그래서 인간에 대한 변함없는

사랑을 말입니다.

프랑스의 문학평론가인 장 폴랑(Jean Paulhan)은 "진실은 우선 어둠 속에서 자신의 몫을 할 줄 아는 사람에게 그 모습을 드러낸다"라고 말했습니다. 막막한 어둠 속에서 두려움에 떨지 않고 초연히 자신에게 주어진 일을 해내는 인간이야말로 진실이라는 선물을 받을 자격이 있습니다. 그렇기에 우리는 밝은 곳으로 나가 자신을 널리 알리는 것에 들뜨지 말고 조용히 그리고 힘 있게 자신의 몫을 다해야 할 것입니다. 그렇게 오래 견디다 보면 창문은 열리고 강렬한 햇빛이 우리를 비출 것입니다.

## 더 좋은 기회를 기다리지 말라.
## 평범한 기회를 잡아서 뛰어난 것으로 만들라

오리슨 스웨트 마든의 말에서

이 세상에 이름이 용기인 사람은 많으나, 일어설 때 일어서고 물러설 때 물러서는 진정한 용기를 가진 사람은 드뭅니다. 그래서 대다수의 사람들이 자신은 가만히 있으면서 용기를 가진 사람이 나타날 때 마음속에서 우러나온 박수를 보내고 열광하는지도 모릅니다. 오리슨 스웨트 마든은 다음과 같이 말합니다.

문명을 위한 새로운 길을 밝혀준 사람들은 언제나 관습의 파괴자였다. 자신의 생각을 굳게 믿은 사람, 군중의 지지를 받지 못하지만, 혼자서 생각하고 실천했던 사람, 외톨이가 되는 것을 두려워하지 않은 사람, 대담하고 창의적이며 지략이 뛰어난 사람, 다른 사람이 엄두도 내지 못할 것을 과감하게 내딛는 용기를 지닌 사람, 그리고 자신의 시대에 위대한 족적을 남긴 사람이 어느 시대나 있는 법이다. 더 좋은 기회를 기다리지 말라. 평범한 기회를 잡아서 뛰어난 것으로 만들라.

그렇습니다. 그는 이미 그대가 선택의 기로에 서 있음을 알려주고 있습니다. 독일의 철학자인 카를 야스퍼스는 이렇게 말했습니다.

참답게 살기를 원하는 자는 실수를 겁내지 말고 모험적으로 살아가야 하며, 사실을 극단까지 밀고 나가 칼로 자르듯 예리하게 살펴보아야 한다. 오직 그렇게 함으로써만이 사실이 참다움이 밝혀지며 현실적으로 되는 것이다.

또한 헬렌 켈러는 "인생이란 과감한 모험이거나 아무것도 아니거나 둘 중 하나다"라고 말하며 모험을 두려워하지 말라고 충고했습니다.

저녁에 방송을 시작하기 전에 라디오 진행자 임국희 선생이 시집 안 간 처녀 작가에게 "올해는 사고를 쳐야지"라고 말한 것처럼 모험을 두려워하지 마십시오. 그것이 결혼이든 성공이든 아니면 그대가 가고자 하는 어떤 길이든 그 길은 그대를 향해 언제나 열려 있습니다.

> 운명은 우리를 행복하게 해주지도 않고
> 불행하게 만들지도 않는다.
> 다만 그 재료와 씨앗을 제공해줄 뿐이다
>
> 몽테뉴의 말에서

나는 아직 살아 있다. 나는 아직 생각하고 있다. 나는 아직 살아야만 한다. 왜냐하면 나는 아직 생각해야 하기 때문에, 나는 존재한다. 그러므로 생각한다. 나는 생각한다. 그러므로 나는 존재한다.

오늘날 모든 사람들은 자기의 희망과 가장 소중한 생각을 감히 그 자신에게 표현하고 있다. 그런 까닭에 나 역시 내가 오늘날 자신에게 원하는 것, 올해 나의 머리에 스치는 첫 번째 생각 즉, 어떤 사상이 나의 앞으로의 생활에 토대가 되며, 보증이 되며, 달콤함이 될 것인가를 말하려고 한다.

나는 사물에 있어 필연적인 것을 아름답게 보는 법을 더욱더 배우고자 한다. 때문에 나는 사물을 아름답게 만드는 사람들 중의 한 사람이 될 것이다.

운명애(Amor fdti), 이것이 나의 사랑이 될 것이다. 나는 추한 것과 싸우지 않을 것이다. 나는 비난하지 않을 것이다. 비난하는 자를 비난하는 것조차 하지 않을 것이다. 눈길을 돌리는 것이 나의 유일한 부정이 될 것이다. 그리고 나는 언제나 긍정하는 자가 되고자 한다.

니체의 『즐거운 지식』에 실린 「새해에는」이라는 글입니다. 니체는 "사물을 아름답게 만드는 사람들 중 한 사람이 되고 싶다"고 말합니다. 이보다 더 아름답고 숭고한 기원冀願이 어디에 있을까요? 그리고 나를 비난하는 사람들조차 비난하지 않겠다고 선언합니다. 이것 또한 쉬운 일이 아닙니다.

하지만 우리는 아직 살아 있습니다. 그렇기에 살아 있는 동안에는 악착같이 살아내야 합니다. 그렇게 고통을 감내하고 사랑하며 살아가야 합니다. 그것만이 진실이고 최선의 선택입니다.

세네카는 "운명에 저항하는 것은 용기"라고 했습니다. 그리고 몽테뉴는 "운명은 우리를 행복하게 해주지도 않고 불행하게 만들지도 않는다. 다만 그 재료와 씨앗을 제공해줄 뿐이다"라고 하였습니다. 그리고 어떤 이는 말했습니다. 자살할 용기가 없기 때문에 참고 살아가는 것이라고. 이처럼 인생은 고단한 여정입니다. 그래도 우리는 살아 있기에 생명이 있는 모든 것이 그러하듯이, 살기 위해 노력하고 또 노력해야 합니다. 그것이 우리 모두의 운명입니다.

3부

진정한 행복을
꿈꾸는
당신에게

## 바라는 것이 없는 사랑이
## 우리 영혼의 가장 순수하고 바람직한 경지다

헤르만 헤세의 말에서

어떤 사람이 한 성현에게 물었습니다.

"학문이란 무엇입니까?"

성현이 대답했습니다.

"사람들을 아는 것이다."

그러자 그는 다시 성현에게 물었습니다.

"선행이란 무엇입니까?"

성현이 대답했습니다.

"사람들을 사랑하는 것이다."

"열 길 물속은 알아도 한 길 사람 속은 모른다"라는 속담이 있습니다. 그만큼 사람을 아는 것이 힘들다는 뜻입니다. 사람을 아는 것도 이토록 힘이 드는데 하물며 사람을 사랑하는 것은 얼마나 힘든 일일까요?

우리는 인생을 살아가면서 다양한 사람들을 만납니다. 그러면서 우정과 사랑이 싹틉니다. 하지만 이기적인 인간이기에 어쩔 수 없이 미움도 함께 싹틉니다. 그렇게 우정과 사랑은 시들어버립니다. 하지만 이기적인 마음만 내려놓는다면 우리는 관계를 새로 시작할 수 있습니다. 진정한 사랑은 어긋난 마음도 회복시켜줄 수 있습니다.

독일의 시인 보덴슈테트는 "사랑은 생명의 꽃이다"라고 말했고, 헤르만 헤세는 "바라는 것이 없는 사랑, 이것이 우리 영혼의 가장 순수하고 바람직한 경지다"라고 말했습니다. 어렵고도 험난한 인생의 노정에서 사람들을 만나고 그들과 더불어 살아가는 것이 더할 수 없는 기쁨이라는 것을 나이가 들어가면서 더욱 절실하게 느끼게 됩니다. 짧은 인생, 소중한 사람들에게 먼저 손을 내밀 줄 아는 사람이 되어야겠습니다.

# 놀이는 추수며 풍요이며 넉넉함이다

제이 그리피스의 『시계 밖의 시간』에서

가끔 사람들이 내게 묻습니다.

"요즘 바쁘시지요?"

"아닙니다. 잘 놀고 있습니다."

"바쁘시면서 무슨 소리를 그렇게 하세요?

그때마다 나는 이렇게 답합니다.

"답사건 글을 쓰는 일이건 일이라 생각하면 힘이 드는데, 논다고 생각하면 하나도 피곤하지 않습니다. 그래서 논다고 그러지요."

여기서 잘 논다는 것은 무엇을 말하는 것일까요? 요한 하위징아는 『호모 루덴스』에서 "놀이는 일상의 시간에서 한 걸음 비켜서는 것이다"라고 말했고, 인간 내면의 시간인식을 연구한 한 심리학자는 노는 것을 다음과 같이 정의했습니다. "사람들이 즐거워할 때는 자신들 내면의 시계에 전혀 주의를 기울이지 않는다." 그러나 요즘처럼 놀 거리들이 다양한 시대에도 진정으로 놀 줄 아는 사람은 오히려 줄어드는 것 같습니다. 제이 그리피스는 『시계 밖의 시간』에서 놀이에 대해 새롭게 정의하고 있습니다.

　　놀이는 음울한 회색 하늘을 배경으로 떠오르는 무지개와 같은 것이며, 에너지요. 음탕한 희롱이요, 주체할 길 없이 터져 나오는 파안대소요, 하늘 위로 붕 뜨는 듯한 부풀어 오름이요, 넘쳐흐르는 만물의 신이요, 잔이 넘쳐 흘러내리는 방울이요, 불필요하고 하찮은 것을 모두 가치 있는 것으로 만든다. 그래서 놀이는 중요하다. 놀이는 추수며 풍요이며 넉넉함이다. 노동이 끝난 후의 수확의 기쁨이며, 넘치는 활기이며, 차고 넘침이며, 선물이며, 나눔의 정신이다.

　　농경사회가 끝나고 기계문명의 시대에 접어들면서 사람들은 놀 줄 모르게 되었습니다. 그렇게 된 사람들의 생활을 러셀은 다음과 같이 평하고 있습니다. "세상 사람들은 일을 지나치게 많이 한다. 노동이 미덕이라는 믿음에 의해 엄청난 폐해가 일어나고 있다." 이렇듯 시간이 금이고 노동을 잘하는 것이 삶의 질을 높여주는 것이라는 믿음이 팽배해졌습니다.

　　그래서 아리스토텔레스와 칼 융의 말이 더욱 설득력을 얻고 있습니다. "자연은 인간에게 일을 잘하는 것뿐 아니라 게으름을 잘부릴 수 있는 것도 요구한다." "가장 완벽한 시기의 문화는 항상 인간의 놀이 본능을 자극했으며, 더욱더 창조적인 인간으로 만들었다."

　노는 것은 이토록 중요한 것입니다. 한 번뿐인 인생을 잘 살기 위해서는 잘 노는 것부터 배워야 합니다. 그래야 우리는 어린아이처럼 순수해질 수 있고 창조적이 될 수 있습니다. 그렇게 사는 것이 가장 잘 사는 것입니다.

# 시는 기쁨에서 시작해서 지혜로 끝난다

로버트 프로스트의 글에서


시는 기쁨에서 시작해서 지혜로 끝난다. 사랑이 그런 것과 마찬가지다. 아무도 희열은 정적이어야 한다고 주장할 수 없다.

시는 기쁨에서 시작하고, 충동에 쏠리고, 첫 시행을 씀으로써 방향을 잡고, 다행한 성과나 결과를 내면서 진행하다가 생生의 해명解明으로 끝난다(그렇다고 대단한 해명이 아니라 혼란과 맞선 잠정적 머무름에서 끝나는 것이다).

시는 대단원 혹은 결말을 가지고 있다. 비록 미리 알 수는 없지만 원초적 기분의 첫 이미지로부터 이미 예정된 그리고 그 기분 자체로부터 예정된 결말을 갖고 있는 것이다.

처음의 발상이 나중까지 남아 있는 시는 속임수에 불과하다. 따라서 전혀 시라고 할 수 없다. 시는 진행되면서 그것 자신의 이름을 발견하며 마지막 시구에서 최선의 것을 발견하는데, 그것은 지혜로운 동시에 슬픈 어떤 것, 술자리에서 하는 노래의 행복과 슬픔의 혼합과 같은 것이다.

이것은 로버트 프로스트가 자신이 시를 쓰는 과정을 설명한 글입니다. 그는 '혼란과 맞서 있는 잠정적 결말'을 도출하기 위해 노력한 시인이었는데, 이것은 비단 시만의 문제는 아닙니다. 사람과 사람 사이의 만남도 그리고 사랑도 마찬가지입니다. 대부분 처음 만날 때는 순수한 초심을 가지고 편견 없이 만나기 때문에 좋은 관계를 유지할 수 있습니다. 하지만 그 사람을 알아갈수록 다른 생각들이 스며들어 나쁘게 끝나는 경우가 너무도 많습니다.

세상의 모든 관계가 로버트 프로스트의 말대로 '기쁨에서 시작되어 지혜로 끝난다'면 얼마나 좋을까요? 하지만 그것은 간단하면서도 오묘한 것이라 아무나 이룰 수 있는 소망이 아닙니다. 그래서 "이해의 기쁨은 슬픔이고, 슬픔은 아름다운 것이다"라는 레오나르도의 말이 더 가슴 깊숙이 다가오는지도 모르겠습니다.

"즐거움은 끝까지 해서는 안 된다. 즐거움이 끝에 이르면 슬픔이 생긴다. 욕심은 마구 풀어놓아서는 안 된다. 욕심을 풀어놓으면 재앙이 생긴다." 문득 떠오르는 『현문賢文』에 실린 글 한 편이 내 마음을 울리고 지나갑니다.

# 당신을 잃어버리지 않도록 조심해야겠습니다

W. 휘트먼의 「낯 모르는 사람에게」 중에서

거기 가는 낯 모르는 사람이여! 내가 그리움 가득히
당신을 바라보고 있음을 당신은 알지 못합니다.
당신은 내가 찾고 있던 바로 그이, 혹은 내가 찾고 있던
바로 그녀임에 틀림없습니다(꿈결에서처럼 그런 생각이 떠오릅
니다).

나는 어디선가 분명히 당신과 함께 희열에 찬 일생을 보낸
적이 있습니다.

우리가 유연하고 사랑에 차고 정숙하고 성숙해서 서로의 곁
을 스칠 때 모든 것이 기억에 되살아납니다.

당신은 나와 함께 자랐고 같은 또래 소년이었고, 같은 또래
소녀였습니다.

나는 당신과 침식을 같이 하였고, 당신의 육체는 당신만의
것이 아니었고, 내 육체도 그냥 내 것이게 버려두지는 않았습
니다.

당신은 지나가면서 당신의 눈, 얼굴, 살의 기쁨을 내게 주었고, 그 대신 나의 턱수염, 가슴패기, 두 손에서 기쁨을 얻어갔습니다. 나는 당신에게 말을 해서는 안 됩니다. 홀로 앉아 있거나 잠 못 이루는 밤에 당신 생각을 해야 합니다.

나는 기다려야 합니다. 다시 당신을 만나게 되리라고 나는 믿습니다.

당신을 잃어버리지 않도록 조심해야겠습니다.


W. 휘트먼의 『풀잎』에 실린 「낯 모르는 사람에게」라는 시입니다. 우리는 한 번도 만난 적 없는 사람을 먼발치에서 보고 사랑에 빠지기도 하고, 이유 없이 처음부터 그 사람을 싫어하기도 합니다. 이것은 둘 다 우리의 선입견과 편견에 의존해 사람을 판단하는 것입니다.

하지만 진정한 사랑에 빠지면 그 사람의 단점까지 깊은 이해심으로 감싸 안게 됩니다. 그리고 그 사람의 모든 것이 소중해집니다. 그리고 그 사람을 만나게 된 것을 감사하게 됩니다. 우리는 이런 소중한 인연을 찾기 위해 인생을 살아간다고도 할 수 있습니다. 그리고 사소한 오해와 다툼으로 헤어지지 않도록 조심해야 합니다. 이기심이 올라올 때마다 깨우쳐야 할 것입니다. 내 인생의 의미를 알게 해준 당신을 잃어버리지 않도록 말입니다.

## 사람의 운명은 정해진 규칙대로 움직이는 체스가 아니라 보물찾기 같은 것이다

일리야 에렌부르크의 말에서

명나라 태조가 자기와 사주가 같은 사람을 찾아 들이라고 해서 한 사람을 데려다가 궁궐로 들인 다음 평생에 어떤 일을 하고 살았느냐고 물었다. 그러자 그 사람은 이렇게 대답했다.

"저는 날 때부터 가난하고 미천하여 거지로 돌아다니면서 살았습니다."

이 말을 들은 명나라 태조가 다음과 같이 말했다.

"나는 천자의 몸이 되고 너는 거지가 되었으니, 같은 사주팔자를 타고나서 무엇 때문에 너와 나의 삶이 이렇듯 현저하게 다를 수 있다는 말이냐?"

그러자 그 사람은 다음과 같이 대답했다.

"저는 밤마다 꿈에 천자가 되어서 궁궐과 성곽, 종묘와 백관의 아름답고 웅장한 모습을 구경하는 것이 폐하가 생시에 천자 노릇하는 것이나 마찬가지입니다."

이 말을 들은 명나라의 태조는 낯빛을 찌푸리면서 놀란 듯이

다음과 같이 말했다.

"천하에 운명이 있다는 말은 과연 속일 수 없는 일인가 보다. 대개 낮은 양陽이고 밤은 음陰이 되게 마련이니, 나는 양계陽界를 좇아서 만승천자의 높은 지위를 누리게 되고, 너는 음계陰界를 좇아서 남면南面하는 낙을 누리게 되니, 나의 낮은 곧 너의 밤이고, 너의 낮은 곧 나의 밤이로다. 생각하건대 하늘은 나를 양계를 주장하게 하고, 너를 음계를 주장하게 한 것인가 보다."

이 말을 마친 후 태조는 그를 후하게 상금을 주어 보냈다고 한다.

홍만종의 『순오지』에 실린 글입니다. 운명이란 무엇일까요? 어떤 사람들은 운명을 하늘의 뜻으로 받아들이고 또 다른 사람들은 운명은 개척하는 것이라고 생각합니다. 명나라 태조의 이야기처럼 같은 날 같은 시에 태어나는 사람들이 많은데 그 사람들의 삶은 모두 제각각입니다. 그래서 운명에 대해 이렇게 저렇게 말이 많은 것입니다.

우크라이나의 소설가이자 시인인 일리야 에렌부르크는 "사람의 운명은 정해진 규칙대로 움직이는 체스가 아니라 보물찾기 같은 것이다"고 했고, 소포클레스는 "사람은 신에게서 부여받은 운명을 참고 견뎌야 한다"고 했습니다. 또한 그리스의 희극작가였던

메난드로스는 "우리가 생각하는 것, 말하는 것, 행동하는 것들은 모두 '운명'에 의한 것이며, 우리는 다만, '운명'이 발행한 어음의 권리를 양도받는 것에 지나지 않는다"고 말했으며, 『회남자』에서는 "인간만사 새옹지마"라고 했습니다.

이토록 다양한 운명론 중에 당신은 무엇을 믿고 있나요? 저는 정해진 운명보다는 개척하는 운명을 택하고 싶습니다. 개척하는 것조차 운명이라고 할 수 있겠지만 그러한 자유의지라도 없다면 이 세상은 너무 무의미합니다. 내가 움직일 때마다 인생에 새로운 가능성이 나타난다고 믿기에 나는 더 힘차게 걸어갈 수 있습니다. 지금 이 순간, 당신의 발걸음은 어디로 향하고 있나요?

## 자신을 사랑하는 것은
## 평생에 걸친 로맨스의 시작이다

오스카 와일드의 말에서

고상하다는 것은 자기 자신에 대해 존경심을 갖는 것이고, 세상 사람들에 대한 자기 자신의 의무를 결코 낮추어 생각하지 않고, 자기 고유의 책임을 포기하지 않고, 그것을 남에게 전가하려고도 않으며, 자신의 수많은 의무들에 대한 특권과 훈련을 중요시하는 것이다.

『선악의 저편』에 실린 니체의 글입니다. 삶이란 자신을 알아가는 지난한 과정입니다. 하지만 대부분의 사람들은 자신을 제대로 알지 못한 채 죽음을 맞이합니다. 하지만 끝까지 포기하지 않고 최선을 다해 자신에 대해 묻고 또 묻는 모습은 아름답습니다. 그래서 괴테는 "자기 자신을 알려고 하는 사람만이 진정으로 평가받을 수 있다"고 했는지도 모릅니다.

세월이 흐름에 따라 내 머리카락도 하얗게 변해가고 있는데, 아직도 나는 나 자신이 누구인지 알아내지 못했습니다. 그리고 내가 어디쯤에 서 있고 어디로 향하는지도 모르겠습니다. 그렇지만 나는 굴복하지 않을 것입니다. 끝나는 날까지 나 자신에 대한 공부를 게을리하지 않을 작정입니다. 그것은 내가 아직 살아 있다는 증명이자 나 자신에 대한 사랑이 남아 있다는 증거가 될 것입니다. "자신을 사랑하는 것은 평생에 걸친 로맨스의 시작이다"라고 말한 오스카 와일드의 목소리가 귓가에 들리는 듯합니다.

자기 자신을 진정으로 사랑하는 사람이야말로 이 세상에 꼭 필요한 사람입니다. 자기 자신에 대한 사랑이 흘러넘쳐 다른 존재를 사랑하게 되기 때문입니다.

**행복을 찾는 법을 배워라.**
**행복은 늘 당신의 곁에 있다**

괴테의 「경고」 중에서


돌아오자마자 다시 짐을 꾸립니다. 짐을 배낭에 넣기 전, 눈이 아파서 그대로 밀쳐두고 잠을 청했습니다. 그리고 아침에 일어나자마자 배낭을 다시 꾸렸습니다. 일찍 떠나기 위해서입니다. 아직도 가야 할 곳이 남아 있다는 것은 즐거운 일이지만, 집에서 한가롭게 책을 읽을 시간이 없다는 것이 항상 아쉽습니다. 문득 배낭 옆에 앉아 생각해봅니다. 언제까지 이렇게 떠나고 떠날 것인지 말입니다.

어디까지 방황하며 멀리 갈 셈인가?
보아라, 좋은 것은 여기 가까이 있다.
행복을 찾는 법을 배워라.
행복은 늘 당신의 곁에 있다.

괴테의 시 「경고」입니다. 괴테의 말처럼 나는 행복하지 않기 때문에 떠나는 것일까요? 아니면 고행이라는 것을 알면서도 그것을 즐기기 위해 떠나는 것일까요? 알고 보면 행복이나 불행은 항상 가까이에 있습니다. 손만 뻗으면 닿을 수 있는 아주 가까운 곳에 말입니다. 그렇게 생각해보니 떠날 수 있는 여건이 된다는 것도 큰 행복 같습니다. 여행길에서 이런저런 인연을 만나 추억을 만들 수 있기 때문입니다. 오늘도 나는 행복의 길을 걷기 위해 배낭을 쌉니다.

## 자연은 그 무엇에도 구속받지 않는다.
## 자연은 그 무엇도 구속하지 않는다

W. 휘트먼의 말에서

 

내가 수안보로 출발하기 전부터 비가 내리더니 유성을 거쳐 수안보에 도착할 때까지도 그치지 않았습니다. 모든 일을 마치고 전주로 되돌아왔을 때 빗줄기는 더 굵어져 있었습니다. 사람들은 하나같이 한 방울의 비라도 맞으면 큰일이라도 날 것처럼 우산 속에서 종종걸음을 치고 있었습니다. 엎드리면 코가 닿을 정도의 거리인데도 택시를 탔습니다. 창밖을 보며 문득 W. 휘트먼의 시 한 편이 떠올랐습니다.

날씨는 쾌청하다. 이루 말할 수 없는 아름다운 선율이 숲에서 연주되고 있다. 찌르레기의 노랫소리다. 찌르레기 외에도 여러 종의 새들이 날아다니며, 노래하고 춤추고 가지에 둥지를 튼다. 4월은 작은 새들의 달이다. 새벽 동틀 무렵부터 황혼이 내려앉을 때까지, 나무와 꽃이 있는 곳에서 새들의 노랫소리를 들을 수 있다. 숲은 새들의 차지가 되었다. 4월의 숲에서 볼 수 있는 새들의 이름을 되뇌어본다.

　찌르레기. 산비둘기. 올빼미. 딱따구리. 딱새. 까마귀. 굴뚝
새. 물총새. 메추라기. 독수리. 매. 방울새. 개똥지빠귀. 연작. 들
종다리. 뻐꾸기. 도요새. 되새. 울새. 갈까마귀. 잿빛 도요새. 왜
가리. 박새. 들비둘기. 특히 파랑새. 물떼새. 울새. 도요새. 제비.
딱따구리는 조금 일찍 이곳에 나타난다.


　W. 휘트먼의 시 「새. 새. 새」입니다. 산에도 들에도 비가 내리고
내 마음 속에도 비가 내리는데, 그 빗소리 속에서 온갖 새들의 노
랫소리를 떠올리다니, 어째서 그랬을까요? 행여 비를 맞아서 조그
마한 피해라도 입을까 싶어서 낭만도 없이 택시를 타고 가는 이 한
심함 때문이었을까요? 한 자연(나)이 한 자연(비)를 피해가는 것은
무슨 심사일까요?

　이 세상은 사람들이 더 많은 자유를 누리도록 변해야 하는데 오
히려 자유가 더 줄고 구속이 많아지는 것 같습니다. 이러한 때 "자
연만큼 자유분방한 존재는 없다. 자연은 그 무엇에도 구속받지 않
는다. 자연은 그 무엇도 구속하지 않는다"라고 말한 W. 휘트먼의
목소리가 들리는 것 같습니다. 예나 지금이나 생명을 있는 그대로
끌어 안아주는 것은 자연뿐인가 봅니다.

# 열심히 대지에 입을 맞추면서 끝없이 사랑하라

도스토옙스키의 『카라마조프 가의 형제들』 중에서

홍성군과 보령시에 걸쳐 있는 오서산 산행을 위해 상담주차장에 도착했을 때 그곳은 이미 산행 인파로 물결치고 있었습니다. 어디서 와서 어디로 가는지 알 수 없는 사람들과 우리 땅 걷기 모임에 참석한 도반들과 어깨를 부딪치며 정암사를 거쳐 오서산에 올랐습니다. 산마루에는 마치 백설이 내린 듯 하얀 억새가 바람에 흔들리고 있었습니다. 유재훈 선생이 가져온 복분자로 뱃속을 달래도 춥기만 했습니다.

나는 영국의 시인 피터 비어레크(Peter Viereck)의 「눈 위의 산보」에 나오는 시 구절 "나는 냉담하지 않아, 내 속은 온통 따뜻해"라는 말로 추위를 이겨보고자 했지만 도움이 되지 않았습니다. 멀리 홍성과 보령 안면도를 비롯해 차령과 청양 일대로 번져나간 조선의 산천이 우리가 걸어가야 할 우리 땅이란 사실이 얼마나 가슴이 아리게 다가오던지 나는 그곳에서 도스토옙스키의 소설 『카라마조프 가의 형제들』에서 알료사가 대지에 입을 맞추던 모습이 생각났습니다.

열심히 대지에 입을 맞추면서 끝없이 사랑하십시오, 만인을, 만물을 사랑하며 사랑의 환희와 열광을 추구하십시오. 기쁨의 눈물로 대지를 적시고, 그것을 소중하게 여기십시오. 이러한 열광을 부끄러워 마시고 오히려 소중히 여기십시오. 왜냐하면 그것은 신의 위대한 선물이며, 누구에게나 주어지는 것이 아니라 선택받은 사람에게만 주어지기 때문입니다.

아무리 춥고 아무리 더워도 우리에게는 아직 걸어가야 할 수많은 길들이 있고, 그곳에서 만나게 될 다양한 인연들이 남아 있다는 것은 진정 행복한 일이 아닐까요? 지금까지 걸어온 만큼 앞으로도 열심히 걸어갈 것을 혼자 다짐해봅니다.

# 불행은 내 마음이 만드는 것이며,
# 내 마음만이 그것을 치료할 수 있다

파스칼의 『팡세』 중에서


불행의 원인은 늘 나 자신이다. 몸이 굽으니 그림자도 구부러진다. 어찌 그림자 구부러진 것을 탓할 것인가? 나 이외에는 아무도 나의 불행을 치료해줄 사람은 없다. 불행은 내 마음이 만드는 것이며, 내 마음만이 그것을 치료할 수 있다. 내 마음을 평화롭게 가지자. 그러면 그대의 표정도 평화로워질 것이다.


파스칼의 『팡세』에 실린 글입니다. 모든 것이 마음에서부터 비롯됩니다. 마음이 앞선 다음에야 몸이 따라갑니다. 이런 줄을 뻔히 알면서도 마음을 정리하지 못해 괴로울 때가 있습니다. 『대학』에서는 이렇게 말합니다. "마음이 거기 있지 않으면 보아도 보이지 않고, 들어도 들리지 않고, 먹어도 그 맛을 알지 못한다." 그리고 네덜란드 속담 중에는 "눈이 보이지 않는 것은 마음이 간청하지 않는다"라는 말이 있습니다.

아무리 노력해도 마음이 편해지지 않는다면 숨소리에 집중하는 것도 좋은 방법입니다. 분노와 같은 강렬한 감정에 휩쓸리면 숨소리부터 거칠어집니다. 그럴 때는 따스한 차를 마시며 숨 고르기를 하는 것이 좋습니다. 그러면 끓어올랐던 감정이 차츰 식어감을 느끼게 됩니다. 이렇게 편안한 마음을 갖는 연습을 해두면 나쁜 감정에서 빨리 벗어날 수 있습니다. 항상 평화로운 마음을 가지도록 자신을 단련시켜야 합니다.

# 내 몸을 항상 자연 속에 있도록 한 것이다

허균의 『한정록』 중에서

봄이나 가을의 끝 무렵에 인간은 자연 속에서 가장 찬란한 호사를 누릴 수 있습니다. 온갖 꽃들을 볼 수 있고, 가슴속까지 물들이는 단풍에 온몸을 내맡길 수도 있기 때문입니다. 허균의 『한정록閑情錄』 중 「소창청기」를 보면 자연이 주는 아름다움에 흠뻑 빠진 사람의 마음이 잘 드러나 있습니다.

허근선許謹選은 말이나 행동에 거리낌이 없어 사소한 예절에 구애되지 않았다. 친한 벗들과 화단 속에다 잔치 자리를 마련하면서, 장막을 치거나 좌석을 만들지 않고, 다만 하인들을 시켜 떨어진 꽃들을 모아 깔도록 한 뒤, 그 아래 앉으면서 이렇게 말하였다. "본래부터 있는 내 꽃방석이네."

길을 걷다 꽃들이 만개해 있으면 나뭇가지를 흔들어 꽃들을 떨어뜨립니다. 사람들은 꽃비를 맞으며 걸어갑니다. 그것을 바라보고 있으면, '내가 바로 꽃털이범이로구나' 하는 생각이 듭니다.

그뿐만이 아닙니다. 떨어진 꽃들이 모여 있는 곳에 앉으면 꽃방석이고, 떨어진 낙엽들이 모여 있는 곳에 앉으면 낙엽 방석입니다. 꽃이나 낙엽을 덮으면 그것은 꽃 이불이나 낙엽 이불이 되는 것입니다. 나는 가끔씩 함께 걷는 도반들에게 꽃과 낙엽으로 만든 방석에 앉아보게 합니다. 자연이 주는 호사를 누려보라는 뜻에서 그렇게 하는 것입니다. 그렇다면 옛사람들도 이와 같이 놀았을까요? 다음은 「소창청기」에 나오는 글입니다.

송나라 사람인 관문연關文衍이 산기상시散騎常侍로 있을 때, 흰 비단 반비半臂에다 구화산九華山 그림을 그려 '구화 반비'라 이름 짓고 스스로 말하였다. "내 몸을 항상 자연 속에 있도록 한 것이다."

자연 속에서 자연이 되는 경이로움을 표현한 글입니다. 인간도 자연의 일부이기에 자연이 되는 것은 그리 어렵지 않습니다. 자연 속에서 자연을 있는 그대로 느끼기만 하면 됩니다. 그럼에도 불구하고 대부분의 사람들은 자연의 일부가 되기를 낯설어합니다. 어쩌면 자연 속에서 가장 부자연스러운 동물이 인간이 아닌가 싶습니다. 그래도 자연이라는 이름으로 모든 아름다운 것들과 하나가

되어보는 체험은 값진 것입니다. 그것이 바로 아무리 사는 게 바빠도 가끔씩 자연과 함께 있는 시간을 가져야 하는 이유입니다.

## 자연의 신성한 아름다움에 경탄하면서
## 여기저기 거니는 것, 그것이 행복이다

푸시킨의 글에서

답사를 하다가 보면 아름다운 풍경 앞에서 넋을 잃을 때가 있습니다. 그럴 때는 '이 세상은 얼마나 아름다운가?' 하는 경탄 뒤에 '왜 이제야 여기를 왔는가' 하는 아쉬움이 함께 듭니다. 바쁘다는 핑계로 가장 가까운 곳에 있는 자연의 아름다움에 무관심했던 나 자신이 바보같이 느껴집니다.

자연의 신성한 아름다움에 경탄하면서 그리고 예술과 환상의 작품 앞에서 기쁨과 감동에 벅차 전율하면서 기분 내키는 대로 여기저기 거니는 것, 그것이 행복이다. 그것이 올바른 것이다.

러시아의 문호 푸시킨의 글입니다. 언젠가 신안군의 섬 홍도를 간 적이 있었습니다. 여기를 보아도 저기를 보아도 경이로운 경관들이 이어졌습니다. 홍도 2리 마을에서 등대로 가던 길이며 깃대

봉으로 가던 길에 마음 깊숙이 젖어 오던 안개며 참 아름다운 풍경이 많았습니다.

안개가 걷히자 홍도의 새로운 모습이 보였습니다. 노란 원추리꽃과 붉은 빛깔의 패랭이꽃과 며느리밥풀꽃이 한창이었습니다. 그리고 가슴속을 시원하게 해주던 바닷바람까지 모든 것이 황홀했습니다.

그 길을 걸으며 경탄하던 그때는 이제 추억이 되었습니다. 하지만 아름다운 경관을 함께 즐기는 도반들이 있기에 언제나 발걸음은 가볍고 상쾌합니다. 자연을 같은 마음으로 바라봐주고 함께 걷는 도반들 덕분에 나는 계속 걸을 수 있습니다. 이 세상 마지막 순간까지 이 땅을 밟으며 경외하는 마음으로 자연을 느끼고 싶습니다.

## 사랑하는 사람만이 인간의 향내를 맡을 수 있고, 그 속에서 살아갈 수 있다

헨리 데이비드 소로의 『소로우의 일기』 중에서

자연 속에 있을 때 편안함을 느끼지 않는 사람은 흔치 않습니다. 자연 앞에서 사람들은 스스럼이 없어지며 장 그르니에의 말처럼 스스로를 꾸미지 않는 고상한 사람이 됩니다. 월든의 숲 속에 살면서 신선하면서도 경이로운 체험을 한 소로의 글이 설득력이 있는 이유는 그가 직접 겪었던 일을 썼기 때문입니다.

눈에 보이지 않는 것은 아니지만 자연의 각 단계는 뚜렷하지 않고, 주제넘게 자신을 강요하지도 않는다. 자연은 우리가 찾을 때 발견되지만 우리의 주의를 요구하지도 않는다. 자연은 말없이 공감해주는 친구와 같다. 그 친구와 함께 걷고 말할 때에는 걷고 있는 장소와 관계없는 대화를 나누어야 할 중압감을 전혀 느낄 필요가 없다. 자연스럽게 침묵하면서 고독이 주는 유용함을 대부분 간직할 수 있는 것이다.

『소로우의 일기』에 나오는 글입니다. 자연 속에서 자기 자신이 자연이 되어 자연과 친구처럼 지냈던 소로의 생각이 옳다고 느끼면서도 나는 자연의 일부분인 인간에 대한 사랑이 더 중요하다고 생각합니다. 소로 역시 그것을 지적하고 있습니다.

우리는 생각이나 공기와 같이 아주 미묘한 무형적 형태로 사랑을 주고받으면서 서로를 풍부하게 만든다. 숨을 들이마실 때 사라지거나 증발해버리는 공기와 같은 것들이 우리 자신의 최상의 모습이다. 사랑하는 사람만이 인간의 향내를 맡을 수 있고, 그 속에서 살아갈 수 있다. 그런 사람에게 인간애는 꽃이면서 그 꽃이 내뿜는 향기이고 운치이다.

인생을 살아갈 만한 것으로 만드는 것은 다른 향기와 빛깔을 가진 소중한 사람들과 만나고 어울려 지내는 시간입니다. 오늘따라 자연의 아름다움에 대해 함께 이야기하며 산책을 할 친구가 더욱 그리워집니다.

# 상상력은 자유롭게 노닐어야 하는 법

노발리스의 『푸른 꽃』 중에서

그 어느 것에도 동요하지 않고 모든 사물을 있는 그대로 어린아이처럼 바라보는 마음을 가지리라 마음먹고 제주로 떠났습니다. 하지만 제주에 있는 닷새 동안 수많은 상념들이 나를 스치고 지나갔습니다. 집으로 돌아온 날 밤, 죽음처럼 깊게 잠들었다가 깨어났습니다. 내 방은 모든 것이 헝클어져 있었습니다. 펼쳐진 책과 덮여진 책, 연필과 메모지 등이 방바닥에 널려 있었습니다. 나는 방 한구석에 누워 노발리스의 『푸른 꽃』을 읽었습니다.

만물은 서로가 서로를 어루만져야 하네.
하나는 다른 하나에 의해 무성하게 자라는 법.
개체는 전체 속에 제 모습을 보이네.
다른 것들과 제 몸을 섞으면서
다른 것들의 깊은 품속으로 탐욕스레 빠지면서,
자신의 존재를 새롭게 하고

수천의 새로운 생각을 얻으면서

세계는 꿈이 되고, 꿈은 세계가 되네.

그것이 저 멀리서 다가오는 것이 보이네.

상상력은 자유롭게 노닐어야 하는 법,

제가 원하는 대로 실들을 엮어서 짜야 하네.

어떤 것은 감추고, 어떤 것은 드러내 보이면서,

결국엔 마법의 증기를 쏘이네.

우리의 쾌락, 죽음과 삶이

여기선 아주 긴밀하게 함께 하네.

지고한 사랑에 빠진 자.

그의 상처는 결코 아물지 않네.

우리의 내면을 가리고 있는

붕대를 우린 고통스럽게 찢어내야 하네.

때로는 가장 신실信實한 마음도 외로워야 하네.

이 지겨운 세상에서 도망치기에 앞서

몸은 눈물이 되어 녹아버리고

세상은 널따란 무덤이 되네.

어쩔 줄 모르는 그리움에 사무쳐

우리의 마음은 재가 되어 무덤으로 떨어지네.

노발리스는 상상력은 자유롭게 노닐어야 한다고 말합니다. 맞는 말입니다. 하지만 나를 포함한 대부분의 사람들은 현실에 묶여 있어 자유롭게 노닐기가 어렵습니다. 그래도 남들보다 자유롭게 살아왔다고 생각했는데, 아직도 부족하다는 생각이 듭니다. 그러자 또다시 떠나고 싶어졌습니다. 제주에서 돌아와 하룻밤을 지낸 것도 아닌데 그새 불현듯 떠나고 싶은 마음, 이것이 내가 가지고 있는 병 중의 가장 깊은 병인 듯합니다.

## 어느 길로 가야 할지 더 이상 알 수 없을 때
## 그때가 비로소 진정한 여행의 시작이다

나짐 히크메트의 「진정한 여행」 중에서

간밤에 흰 눈이 바람결에 흩날렸는데, 새벽에 일어나 창문을 열어보니 눈이 쌓이지 않고 모두 녹아버렸습니다. 그리고 텅 빈 거리에 가로등만이 자리를 지키고 있습니다. 그렇게 세상은 고요히 잠들어 있습니다. 새벽이 주는 고요함 때문에 상념은 꼬리에 꼬리를 물고 이어집니다. 이곳저곳을 돌아다니며 많은 것을 보아왔지만 아직도 내 마음은 자리를 틀고 앉지 못하고 세상 밖을 향하고 있습니다.

가장 훌륭한 시는 아직 쓰이지 않았다.
가장 아름다운 노래는 아직 불러지지 않았다.
최고의 날들은 아직 살지 않은 날들
가장 넓은 바다는 아직 항해되지 않았고,
가장 먼 여행은 아직 끝나지 않았다.
불멸의 춤은 아직 추어지지 않았으며,

가장 빛나는 별은 아직 발견되지 않은 별
무엇을 해야 할지 더 이상 알 수 없을 때
그때 비로소 진정한 무엇인가를 할 수 있다.
어느 길로 가야 할지 더 이상 알 수 없을 때
그때가 비로소 진정한 여행의 시작이다.

나짐 히크메트의 시「진정한 여행」입니다. 무엇을 해야 할지 더 이상 알 수 없을 때, 어느 길로 가야 할지 더 이상 알 수 없을 때가 시작점이라고 하니, 흔들리는 내 마음이 위로가 됩니다. 그토록 많은 여행을 다녀왔으면서도 또다시 떠날 이유가 생겼기 때문입니다. 지금까지의 여행이 구체적인 무엇인가를 만나기 위해서였다면, 앞으로의 여행은 진정한 나 자신을 찾는 여행이 될 듯합니다.

## "불행이란 무엇입니까?",
## "어머니와 떨어져 있는 것입니다."

마르셀 프루스트의 『잃어버린 시간을 찾아서』 중에서

어린 시절 부모님과 떨어져 살았던 사람들의 공통점이 있습니다. 외로움을 많이 탄다는 것입니다. 그건 아마도 평생을 가는 것 같습니다. 그래서 나는 조금 힘들더라도 어린 시절에는 자녀들과 가깝게 지내기를 권합니다.

하지만 요즘 부모들은 자식을 너무 소중히 여겨 과보호하는 경우가 많습니다. 이런 과보호가 아이들의 장래에 좋은 영향을 끼칠지 아니면 부정적인 영향을 끼칠지는 아마 세월이 더 흘러야 알 것입니다. 일본의 예를 들자면, 자녀들이 다 커서도 부모에게 의지하며 캥거루족으로 살려고 해서 부모들이 이름까지 바꾸고 숨어 사는 경우도 있다고 합니다. 이웃 나라의 일이니 우리나라도 비슷하게 흘러갈 확률이 높은 것 같습니다.

마르셀 프루스트의 『잃어버린 시간을 찾아서』에서 주인공에게 "불행이란 무엇입니까?" 하고 묻자 "어머니와 떨어져 있는 것입니다"라고 대답합니다. 그리고 다음과 같은 이야기가 실려 있습니다.

방으로 자러 올라가면서 내가 갖는 유일한 위안은, 내가 자리에 누워 있을 때 어머니가 오셔서 내게 키스해주는 것이었다. 그러나 그 저녁 인사는 너무도 짧았고 엄마는 너무 빨리 내려가버렸기 때문에, 어머니가 올라오는 소리를 듣는 순간, 그리고 이중문으로 된 복도에서 하늘색 모슬린으로 된 어머니의 정원용 드레스가(그 옷에는 밀짚을 엮어 짠 작은 술이 달려 있었다.) 끌리는 가벼운 소리가 들리는 때가 내게는 실로 고통스러운 순간이었다. 그 소리는 이어서 닥칠 일, 즉 어머니가 내 곁을 떠나 곧 다시 내려갈 것이라는 사실을 예고하는 것이기 때문이었다.

나는 어머니의 이런 저녁 인사를 무척 좋아했기 때문에 가능한 한 그 시간이 더 늦게 와서, 어머니가 아직 오지 않는 유예시간이 더 연장되기를 바라고 있었다. 이따금 엄마가 내게 저녁 키스를 하고 나서 방문을 열려는 순간, 나는 어머니를 다시 불러 "한 번만 더 안아주세요"라고 말하고 싶었다.

그러나 나는 그렇게 하면 어머니가 곧 화난 얼굴을 하시리란 것을 잘 알고 있었다. 왜냐하면 어머니가 올라와서 나를 안으며 내게 해주던 키스, 즉 나의 슬픔과 내 마음 속의 동요 때문에 어머니가 감수하시던 이 양보 행위는 상식을 벗어난 습관이라고 생각하고 계신 아버지의 신경을 건드리는 것이었고, 어머니도 이 버릇을 되도록이면 빨리 고쳐보려고 애쓰고 계셨기 때문이었다.

어머니를 끔찍하게 사랑했던 프루스트가 행여 어머니가 안 올라오실까 안절부절못하는 장면도 실려 있는데, 사랑이란 그처럼 인생에 큰 족적을 남기는 것인가 봅니다. 여하튼 부모와 자식 간의 사랑은 내리사랑이고 영국 속담처럼 "자식은 해약도 못 하는 악성 보험"이라는 말이 과히 틀린 말이 아닌 것 같습니다.

다시 소설 속 주인공에게 묻습니다. "당신이 싫어하는 부류의 사람들은 누구입니까?" 하고 말입니다. 그러자 그는 "좋은 것을 깨닫지 못하는 사람, 애정의 따스함을 모르는 사람"이라고 대답합니다. 어머니의 따스함 특히 가족 안에서의 따스함을 받고 자란다는 것은 큰 행운입니다. 그 따스함 때문에 나이가 들고 성인이 되었을 때 다른 사람을 안아줄 수 있기 때문입니다.

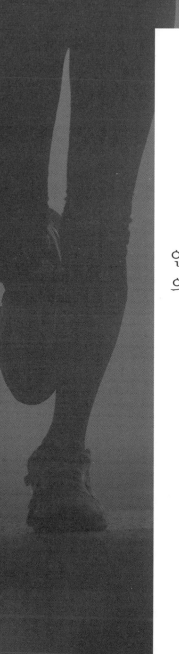

4부

인생의 참된
의미를 찾는
당신에게

# 헛되고 헛되니 모든 것이 헛되도다

「전도서」 중에서

저는 가끔 정신이 산만하거나 울적할 때 성경을 꺼내서 읽습니다. 그중에서도 「전도서」를 자주 봅니다. 「전도서」는 '다윗의 아들, 예루살렘의 왕'이 썼다고 알려져 있는데, 다윗의 아들이라면 이스라엘의 지혜롭고 부유한 왕 '솔로몬'이 지은이라는 것입니다.

성경 중에서도 가장 흥미로우면서도 난해하다고 알려져 있는 「전도서」의 주제는 '허무'이자 '냉소'입니다. 「전도서」의 전편에 흐르는 것은 비관적이고 냉소적인 심정입니다. 솔로몬은 어떤 일에서도 즐거움을 찾지 못하고 있으며, 지혜와 재산 그리고 세속적 쾌락에서도 만족을 느끼지 못합니다. 「전도서」에서 거듭 나오는 구절은 "헛되고 헛되니 모든 것이 헛되도다"입니다. 세상 모든 것이 다 '바람을 잡는 것'에 불과하다고 실토합니다.

세상을 살다 보면 이 말들이 다 맞다 싶을 때가 있습니다. 잠시 살다가 가는 것이 인생이고, 우리가 이루고 잡았다고 생각하는 것 중 어떤 것도 영원히 소유할 수 없습니다.

천하에 범사가 기한이 있고, 모든 목적이 이룰 때가 있나니, 날 때가 있고, 죽을 때가 있으며, 심을 때가 있고, 심은 것을 뽑을 때가 있으며, 죽일 때가 있고, 치료시킬 때가 있으며, 헐 때가 있고, 세울 때가 있다. …… 내가 심중에 이르기를, 의인과 악인을 하나님이 심판하시리니 이는 모든 목적과 모든 일이 이룰 때가 있음이라 하였으며, 내가 심중에 이르기를, 인생의 일에 다하여 하나님이 저희를 시험하시리니 저희도 자기가 짐승보다 다름이 없는 줄을 깨닫게 하심이라 하였도다.

인생에게 임하는 일이 짐승에게도 임하리니, 이 둘에게 임하는 일이 일반이라 동일한 호흡이 있어서 이의 죽음같이 저도 죽으니, 사람이 짐승보다 뛰어남이 없음은 모든 것이 헛됨이로다.

다 흙으로 말미암았으므로 다 흙으로 돌아가나니. 다 한 곳으로 가거니와 인생의 혼은 위로 올라가고 짐승의 혼은 아래 곧 땅으로 내려가는 줄을 누가 알랴. 그러므로 내 소견에는 사람이 자기 일에 즐거워하는 것보다 더 나은 것이 없나니, 이는 그의 분복이라. 그 신후사를 보게 하려고 저를 데리고 올 자가 누구이랴.

빛은 실로 아름다운 것이라 눈으로 해를 보는 것이 즐거운 일이로다. 사람이 여러 해를 살면 항상 즐거워할지로다. 그러나 캄캄한 날이 많으리니, 그날을 생각하며 살지로다. 장래 일은 다 헛되도다. 청년이여, 네 어린 때를 즐거워하며, 네 청년의 날을 기뻐하여 마음에 원하는 길과 네 눈이 보는 대로 좇아 행하라.

「전도서」는 세상에 어느 것 하나 완전한 것이 없다고 말하고 있습니다. 그리고 이미 지나간 날은 없는 것이나 다름없고, 내일도 역시 오지 않은 것이니 다 쓸데가 없고, 오직 확실한 것은 지금밖에 없다고 말합니다. 그렇습니다. 우리는 부질없는 과거와 미래에 대한 집착을 버리고 지금 우리가 할 수 있고 하고 싶은 일을 해야 합니다. 이것이 참된 삶일 것입니다. 이것이 인생의 무의미를 극복해줄 그리고 우리가 기꺼이 걸어가야 할 길입니다.

## 참된 깨어남이 있고 나서라야
## 이 인생이 커다란 한바탕의 꿈인 줄을 아는 거요

『장자』의 「제물론」 중에서

십 년, 이십 년이라는 긴 세월도 지나고 나면 금세 가버린 듯싶을 때가 있습니다. 그런 날에는 지난 세월이 하룻밤 꿈인 듯싶어 못내 가슴 한구석이 무너진 듯 멍한 채 시간을 보내게 됩니다. 이렇게 헛헛한 마음을 달릴 길이 없을 때는 장자의 이야기가 마음속을 채워줍니다.

꿈속에서 즐겁게 술을 마시던 자가 아침이 오면 불행한 현실에 슬피 울고, 꿈속에서 울던 자가 아침이 되면 즐겁게 사냥을 떠나오. 꿈을 꿀 때는 그것이 꿈인 줄도 모르고 꿈속에서 또한 그 꿈을 점치기도 하다가 깨어나서야 꿈이었음을 아오. 인생도 마찬가지요. 참된 깨어남이 있고 나서라야 이 인생이 커다란 한바탕의 꿈인 줄을 아는 거요.

그런데 어리석은 자는 자기가 깨어 있다고 자만하여 아는 체를 하며 군주라고 우러러 받들고, 소치는 목동이라고 천대하는 차별을 하오. 정말 옹졸한 것이오. 공자 당신도 우리도 모두 꿈을 꾸고 있소. 그리고 내가 당신에게 꿈 이야기를 하고 있는 것도 또한 꿈이오. 이런 말을 매우 괴이한 이야기라고 하오. 이 이야기의 뜻을 아는 대성인을 만나기란 매우 어려워 만세萬世 후에라도 한 번 만났다면 그것은 아침저녁으로 만나는 정도의 행운이라 하겠소.

인생이 한바탕 꿈이라고 말한 장자의 뒤를 이어 서산대사 휴정休靜은 다음과 같은 시를 남겼습니다.

주인은 손님에게 제 꿈을 이야기하고
손님은 주인에게 제 꿈을 이야기한다.
이 꿈을 이야기하는 두 사람
그 모두 꿈속에 사람이구나.

우리 모두는 꿈속의 나그네들입니다. 인생이라는 길목에서 잠시 만났다가 헤어지는 길손들입니다. 하지만 우리에게 주어진 한순간이 곧 인생 전체가 될 수도 있기에 우리는 순간 속에서 억겁의 보시를 할 수도 있습니다. 그래서 『법화경』의 「방편품」에 실린 몇 소절은 진정한 만남을 꿈꾸는 우리의 가슴을 한없이 뛰게 합니다.

마음이 산란할 때는
한 송이의 꽃을 부처의 형상 앞에 바쳐라.
그러면 그 인연으로 인하여
많은 부처들을 보게 될 것이다.

혼자서 사는 것이 아니고 더불어 사는 이 세상의 노정에서 그대는 나에게 나는 그대에게 어떤 재미난 꿈을 이야기하며 한 세상을 지낼 수 있을까요? 지금 이 순간 내 곁에 있는 사람의 얼굴에서 부처를 볼 수 있는 마음이 생기길 그래서 허무한 인생길에 빛나는 한 순간을 남기길 기대해봅니다.

# 생각하는 방법을 가르쳐야지
# 생각한 것을 가르쳐서는 안 된다

코르넬리우스 굴리트의 말에서

배우는 것도 어렵지만 가르치는 것도 어렵습니다. 요즘은 더욱 그렇습니다. 매 정권마다 교육정책이 바뀌다 보니 그 피해는 오롯이 국민들의 몫입니다. 독일의 건축가이자 역사가인 코르넬리우스 굴리트는 다음과 같이 말했습니다. "생각하는 방법을 가르쳐야지 생각한 것을 가르쳐서는 안 된다." 여기서 한 걸음 더 나아가 아인슈타인은 이렇게 말했습니다. "교육은 학교에서 배운 것을 모두 잊은 뒤에 남는 것이다." 그럼 옛사람들의 교육관은 어떠했을까요?

어느 날 공자의 제자인 진항이 백어를 만나 물어보았다.

"자네는 혹시 아버님으로부터 색다른 말을 들은 적이 있는가?"

진항은 공자가 자신의 아들에게만 특별한 교육을 시키고 있는 것이 아닌가 하는 호기심에서 물었던 것이다. 그 말에 백어가 다음과 같이 답했다.

"아무것도 특별한 말씀을 들은 것이 없네. 언젠가 아버님이 혼자서 계실 적에 내가 빠른 걸음으로 뜰을 지나가니 아버님이 '시를 배웠느냐'고 물어보셨네. 아직 배우지 못했다고 말씀드리자 '시를 배우지 않으면 말을 제대로 할 수 없다'고 하셨네. 그래서 물러가 시를 배웠네. 그 뒤 어느 날 아버님이 혼자 계실 적에 내가 빠른 걸음으로 뜰을 지나가고 있었는데 '예를 배웠느냐'고 물어보셨네. 아직 배우지 못했다고 말씀드리자 '예를 배우지 않으면 제대로 처신을 할 수가 없다'고 하시기에 나는 물러가 예를 배웠네. 나는 이 두 가지만을 들었을 뿐이네."

진항이 물러나와 기뻐하면서 다음과 같이 말했다.

"나는 한 가지를 질문하여 세 가지를 얻었네. 시와 예에 관해 들었으며, 또 한 가지는 군자는 자기 아들을 특별히 가르치지 않았다는 것을 알게 되었네."

『논어』에 나오는 글입니다. 공자는 아들에게 어쩌다 한 마디 하는 것으로 가르침을 주어 스스로 공부하게 하였습니다. 그런데 요즘의 고위 공직자나 사회 지도층은 너 나 할 것 없이 자식들을 외국에 보내어 교육을 시키고 있습니다. 자기 돈 가지고 자식 잘 가르치겠다는 데야 군이 할 말이 없지만 그런 사람들이 차별 없는 교육을 시키겠다며 교육정책을 내놓으니 어불성설입니다.

하지만 우리에겐 아직 희망이 있습니다. 주입식 교육이 아닌 창의적 교육을 꿈꾸는 선생님들이 아직 많이 남아 있고, 깨어 있는 부모들도 많이 있습니다.

구글이 개발한 인공지능 알파고와 대국을 벌인 바둑 천재 이세돌도 그와 무관하지 않습니다. 세 아들 중 큰 아들과 이세돌은 머리가 좋으니 바둑을 두라 해서 세상을 뒤흔드는 기사가 되었고, 머리가 좋지 않으니 공부를 하라고 했던 둘째는 서울대 공대를 들어갔습니다.

이세돌은 초등학교 졸업장밖에 없지만 그가 가진 재능을 마음껏 연마하여 큰 꿈을 이룬 사람입니다. 세상의 수많은 일들은 저마다 다르다는 것에서부터 출발합니다.

그런 세상의 이치를 놓고 볼 때 위에서부터 개혁이 이루어지지 않는다면 아래에서 개혁을 이루면 됩니다. 제2의 아인슈타인은 우리 모두의 힘이 합쳐질 때 나오는 것입니다. 교육 일선에 있는 모든 분들에게 응원을 보냅니다.

## 오직 순간이 중요한 것입니다.
## 순간이 삶을 규정하는 것입니다

구스타프 야누흐의 『카프카와의 대화』 중에서

박경리 선생의 조문을 가서 빈소에 들어서는데 누군가 나에게 아는 체를 했습니다. 소설가 윤지강 선생이었습니다. 이덕일, 김병기, 이기담 선생과 자주 만나면서도 그의 표현대로 소 닭 보듯 했던 우리가 낯선 곳에서 느닷없이 만나다니 참으로 반가웠습니다. 윤지강 선생은 나더러 미국에서 나오신 원로 작가와 다른 여성작가를 소개해주겠다고 잠시 시간을 내라고 했습니다.

들어가 보니 주요섭, 김완술을 비롯해 오랫동안 잊고 살았던 사람들이 김지하 선생님 주변에서 저녁을 먹고 있었습니다. 그들과 잠시 시간을 보내다 가려고 그랬는데, 우연인지 필연인지 모르게 만난 사람을 위해 빈소에서 자리를 떴고 생맥주 집으로 장소를 이동했습니다. 우리는 그곳에서 오랜만에 회포를 풀었습니다. 그리고 문학과 세상에 대해 이야기를 나누었습니다. 그리고 내 머릿속에는 카프카가 떠올랐습니다.

G. K. 체스터턴의 저서 『정교주의』와 『목요일에 있었던 사나이』에 대해 카프카는 말했다.

　　"그는 어쩌나 명랑한지 까딱 잘못하면 그가 하느님을 발견했다고 해도 믿을 수 있을 것입니다."

　　"그러면 당신은 웃음을 믿음의 표시라고 보시는군요."

　　"반드시 그런 것은 아닙니다. 그런데 지금같이 신앙심 없는 시대에는 사람은 영원히 명랑해야만 하는 것입니다. 침몰하는 타이타닉 호에서 기선 악대는 최후까지 연주하였습니다. 그렇게 함으로써 절망이 기어오르는 발판을 없애버리는 것입니다."

　　"그러나 발작인 쾌활은 툭 터놓은 슬픔보다 더 애처로운 것입니다."

　　"그 말은 옳습니다. 그런데 슬픔이란 희망이 없는 것입니다. 중요한 것은 희망, 기대, 전진, 그것입니다. 위험이란 제한된 짧은 순간에 있을 뿐입니다. 이 순간의 뒤에는 지옥이 있습니다. 이것을 극복하면 모든 것은 벌써 달라집니다. 오직 순간이 중요한 것입니다. 순간이 삶을 규정하는 것입니다."


　　그렇습니다. 인생은 순간의 선택에 달려 있습니다. 그리고 그 순간들이 모여 인생을 만듭니다. 이제 우리는 인생에 충실할 수 있는 방법을 알게 되었습니다. 바로 순간에 집중하는 것입니다. 그렇게 생각하다 보니 지금 내 옆에 있는 사람들과 내 곁에 있는 모든 것들에 감사한 마음이 들었습니다. 그리고 오늘 우연히 만난 사람들 덕분에 제 순간이 충만해졌음을 감사했습니다.

# 이 세상에는 재주 없는 것이 제일이다

이수광의 『지봉유설』 중에서

옛사람이 말하기를, 꽃이나 나무 중에서 정精하고 빼어난 것을 영英이라 하고, 짐승 중에서 뛰어난 것을 웅雄이라 한다. 한신韓信은 웅이다.

유공재劉孔才는 말하기를, "총명이 빼어난 것을 영이라 하고 담력이 남보다 지나친 것을 웅이라 한다. 그러므로 영은 되지만 웅이 못 되는 자도 있고, 웅은 되어도 영이 못 되는 자도 있다"라고 하였다. 그는 또 말하기를, 재주가 천 명 중에 뛰어난 자를 호豪라고 하고, 만 명 중에 뛰어난 자를 걸傑이라 한다.

중황자中黃子가 말하기를, 사람 중에 제일 윗 길에 다섯 가지가 있으니, 신인神人, 진인眞人, 도인道人, 지인至人, 성인聖人이다. 다음으로 또 다섯 가지가 있으니, 덕인德人, 현인賢人, 지인智人, 선인善人, 변인辨人이다. 중간으로 또 다섯 가지가 있으니, 공인公人, 충인忠人, 신인信人, 의인義人, 예인禮人이다. 그다음으로 다섯 가지가 있으니, 사인士人, 공인工人, 처인處人, 농인農人, 상인商人이다. 그다음으로 다섯 가지가 있으니, 중인衆人, 노인奴人, 우인愚人, 육인肉人, 소인小人이다. ……

판서 윤현尹鉉은 한 평생 게을러서 아무 일도 하지 않았다. 일찍이 말하기를, "이 세상에는 재주 없는 것이 제일이다"라고 하였다. 「목안설木雁說」을 지어서 자기의 뜻을 나타냈다.

공은 재주가 있어서 독서당에 뽑혀 통정의 지위를 가지고 있었다. 그러나 그 문집 속에 있는 시문은 잘 지어서 욀 만한 것이 없다. 뒤에 호조판서가 되어 재물 다스리는 일을 하였으니, 때문에 그를 계승할 자가 없었다. 대개 관리 노릇하는 재주가 글재주보다 나았던 것이다.


이것은 이수광의 『지봉유설』에 나오는 글입니다. 영재나 천재는 세상의 모든 것을 다 잘 아는 사람이 아닙니다. 영웅이나 호걸은 만들어지는 것이 아니며, 우리가 알지 못하는 어느 곳에서 느닷없이 나타나는 것입니다.

세상은 어떤 면에서는 공평해서, 영웅호걸이 아니더라도 한 가지 재주가 있으면 그것으로 빛날 수 있습니다. 그리고 위의 글에서 언급한 스무 가지 사람에만 들어도 세상을 살아가는 데 지장은 없습니다.

하지만 요즘 세상은 어떠한가요? 진정한 영웅이나 호걸 그리고 천재는 없고, 자칭 영웅과 박제된 천재만 많이 있습니다. 그리고 너무나 많은 사람들이 영웅이나 호걸, 아니면 천재가 되려고 합니다. 그리고 자신이 그 꿈을 이루지 못했을 때에는 자식에게 그 꿈을 강요합니다. 여기서 많은 교육 문제들이 생기고 있습니다.

이토록 모두가 남보다 나아지려고 하는 세상에 윤현처럼 "나는 재주가 없다"고 솔직하게 공언하는 사람이 그립습니다. 그리고 뭐든지 다 알고 있다는 듯이 으스대는 세상에 내가 무엇을 알고 있겠느냐며 겸손해하는 사람이 그립습니다. "내가 아는 것은 내가 아무것도 모른다는 것만을 알고 있다"고 말한 소크라테스 같은 사람이 그립습니다.

# 삶과 죽음을 같이 보고 가는 것을 가벼이 여긴다

선현의 말 중에서

카누스 유리우스가 가이우스 황제와 장시간에 말다툼을 한 다음 물러나려고 하자, 파리우스(시케리아 아크라가스의 참주)가 이렇게 말했다.

"혹시나 하는 바보 같은 기대가 너를 속이는 일이 없도록, 나는 벌써 너의 처형을 명하였다."

그러자 카누스는 이렇게 대답했다.

"감사하다는 인사를 드립니다. 가장 존경하는 폐하여."

카누스는 처형되기까지의 열흘 동안을 아무런 불안감도 갖지 않고 지냈다. 백인대장이 한 무리의 사형수를 형장으로 강제 연행하면서 카누스에게도 호출을 명령하였을 때 그는 한참 체스에 열중하여 즐기고 있었다.

이름을 부르자 그는 장기의 말을 센 뒤 같이 체스를 했던 상대에게 이렇게 말했다.

"내가 죽은 다음에, 네가 나한테 이겼다고, 거짓말을 하면 안

돼."

그리고 백인대장에게 가볍게 인사를 하면서 다음과 같이 말했다.

"귀공이 증인이 되어주겠지, 내가 줄 하나를 이겼다고"

그의 친구들이 큰 인물을 잃게 된 것을 슬퍼했다. 그러자 카누스는 이렇게 말했다.

"어째서 너희들은 슬퍼하는 거지? 영혼의 불멸이라는 것을 의심하나. 나는 얼마 후에는 그것을 알게 될 것이네."

그는 죽는 순간까지도 진리에 대한 탐구를 멈추지 않았고, 자기의 죽음에서 문제를 구하는 일을 멈추지 않았다. 형장으로 함께 따라갔던 철학 교수가 그의 마지막을 지켜보다가 물었다.

"카누스 님, 당신은 지금 무엇을 생각하고 있습니까?"

그러자 카누스가 대답했다.

"나는 그 찰나에, 영혼이 육체를 떠나가는 것이 보이는지 어쩐지, 이 눈으로 똑똑히 확인해보려고 생각하고 있습니다. 그리고 무언가를 찾아낸다면, 벗들을 찾아다니면서 영혼의 진상을 알려줄 것입니다."

역사 속에서 사형을 언도받았을 때 "영광입니다"라고 말했던 사람이 더러 있었습니다. 민청학련 사건으로 사형을 선고받은 김병곤 씨가 "영광입니다"라고 했다지만 아마도 그가 가장 앞선 사람은 아니었을 것입니다. 생과 사를 아무렇지도 않게 여겼던 카누스는 그렇게 이 지상에서 사라져갔고, 그 뒤로도 수많은 사람들이 그 뒤를 이어 이 세상에 왔다가 사라져갔습니다. 하지만 카누스같이 생과 사를 달관하고 탐구의 대승으로 여겼던 사람은 흔치 않습니다.

그는 아마 우리나라 선현들이 "삶과 죽음을 같이 보고 가는 것을 가벼이 여긴다"고 한 말을 몸소 실천한 해탈한 사람이었는지도 모릅니다. 카누스의 행적을 보며 세상을 산다는 것이 무엇인지 자꾸 의문이 듭니다. 얼마나 도가 깊어야 그처럼 살 수 있을까요?

# 제 각각 처지에 맞추어 버릇이 든다

박지원의 『말거간전』 중에서

박지원은 『말거간전』의 첫머리에서 "사람들이란 제 각각 처지에 맞추어 버릇이 든다"고 말하며 군자라고 떠드는 사람들이 매일 입만 벌리면 '신의'와 '도리'를 내세우지만 실상은 그렇지 못하다고 말합니다.

천하 사람이 따르는 것이 권세요, 누구나 얻으려고 애쓰는 것이 명예와 이속일세. 대체 좋은 벼슬도 이속이란 말이지, 그러나 따르는 놈이 많아지면 권세가 나누이고 애쓰는 놈이 여럿이고 보면 명예나 이속도 실속이 없는 것이라. 군자가 이 세 가지를 말하기 꺼린 지 오래일세.

자네 좀 듣게나, 대관절 가난한 사람이라야 바라는 것이 많으니까 의리를 끝없이 사모하게 되는 것일세. 대관절 재산을 지니고 있는 사람은 인색하다는 소문도 부끄럽게 여기지 않네. 그건 남들이 제게 바라는 것을 단념시켜주는 까닭일세.

천한 사람이라야 아끼는 것이 없으니까 어려운 것도 헤아리지 않고 덤벼드는 것일세. 왜 그런 고하니 물을 건너는데 옷을 걷지 않는 것은 헌 바지란 말일세.

수레를 타는 사람은 신 위에 덧신을 신고도 오히려 진흙이 붙을까 염려하네그려. 신 바닥도 이처럼 아끼거든 하물며 제 몸이야 오죽하겠나! 그렇기 때문에 충성이니 의리니 하는 것은 가난하고 천한 사람들의 할 일이지 부하고 귀한 사람에게는 의논할 것이 못 되네.

박지원은 처지에 따라 사람들이 살아가는 방식이 다르다는 사실을 잘 보여주고 있습니다. 그리고 자신이 원하는 것을 차지하기 위해 고군분투하는 모습을 풍자하고 있습니다. 그리고 박지원은 "차라리 이 세상에서 벗 없이 지낼망정 소위 점잖은 사람들의 그런 벗이 되고는 싶지 않다"고 말했습니다. 요즘에는 진정한 사귐이 아니라 자신의 이익을 계산하면서 만나는 사람들이 얼마나 많은지요? 내 주변에는 진정한 친구가 몇이나 있는지 문득 궁금해집니다.

## 우리가 사랑하는 것은
## 사랑할 수 있는 것에 비해 적다

한스 작스의 「직장시인」 중에서


나는 왜 그런지 몰라도 잠시 자는데도 꿈을 꿉니다. 이 꿈 저 꿈이 뒤죽박죽될 때도 있지만 어떤 때는 생시나 다름없이 하나하나가 또렷하게 기억나기도 합니다. 한스 작스는 「직장시인職場詩人」에서 신기하게도 들어맞는 꿈에 대해 이렇게 노래했습니다.

친구여, 자기의 꿈을 해몽하여 적어두는 것,
바로 그것이 시인의 일이로다.
믿을지어다. 인간의 가장 진실된 신념信念은
꿈속에서 나타난다는 것을,
모든 노래의 시는
진실의 꿈의 해석에 불과한 것을

꿈속에서는 우리가 꾸는 꿈이 진실인지 허구인지 알지 못합니다. 그러나 현실 속에서도 우리는 환상과 현실을 오갑니다. 때로는

환상만큼이나 놀라운 사건이 현실로 드러나기도 하고, 환상 같은 기적이 일어나기도 합니다. 그렇게 생각하다 보면 우리가 진정으로 알고 있는 것이 너무나 적다는 것에 놀라게 됩니다. 정신과의사 R. D. 라잉은 『경험학』에서 다음과 같이 말합니다.

우리가 생각하고 있는 것은 우리가 아는 것에 비해 너무나 적다. 우리가 사랑하는 것은 사랑할 수 있는 것에 비해 적다. 우리가 알고 있는 것은 우리가 사랑하는 것에 비해 너무나 적다. 그래서 우리의 지금 모습은 진짜 우리의 모습보다도 훨씬 작다.

이 글을 읽고 나면 우리가 아는 것은 정말 빙산의 일각일 뿐이라는 생각이 듭니다. 그러나 우리가 모르고 있다는 것을 깨닫는다면 우리는 새로운 나를 발견할 수 있습니다. 그래서 우리 속에 잠재되어 있는 보다 큰 우리를 찾아낼 수 있습니다. 그러면 꿈을 현실로 만들 수 있는 힘을 얻게 될 것입니다.

# 글은 인간 그 자체이다

뷔퐁의 말에서

잘 쓰인 작품은 후세에 전해지는 유일한 것이다. 광범위한 지식, 사실의 특이성, 발견의 새로움 등이 포함되어야 할 저술이 지엽말절枝葉末節에만 치우쳐 있다면 그것은 불멸의 것이 될 수 없다. 만약 취미나 고귀성高貴性이나 재능이 없는 문장으로 쓰인 것이라면 어떠한 저작이건 간에 소멸되어버리리라.

지식이나 사실의 발견 등은 쉽사리 남의 손에 넘어가 먼 곳으로 옮겨져 아주 재치 있는 사람의 손으로 다시 고쳐 쓰이기 때문이다. 그러한 것은 인간의 외부에 속하는 것이지만, 글은 인간 그 자체이다. 만약 글이 고상하고 고귀하고 숭고하다면 저자는 모든 시대를 통해서 한결같은 존경을 받을 것이다.

18세기 박물학자인 뷔퐁의 말입니다. 방대한 분량의 저작인 『박물지博物誌』를 남긴 뷔퐁이 프랑스 아카데미 회원으로 취임하던 날의 연설문인 「문체론文體論」에 담긴 내용입니다. 그의 문체론은 문장의 질서를 중시하였으며, 평이하면서도 밝은 표현을 자제하고 난삽하면서도 전문적인 용어를 피할 것을 주문하였습니다. 이것은 "글은 자기가 경험한 것만을 쓸 수 있다"고 말한 니체의 말과도 일맥상통합니다.

어린 시절 혹독한 가난을 겪었던 소설가 이청준은 "시골에서 깜깜한 밤길을 가다가 사람을 마주쳤을 때 그 사람이 방금 앞에 사람이 지나갔다고 말해주어서 그 앞서간 사람을 쫓아가기까지의 과정이 바로 소설이 아니겠습니까?"라고 말했습니다. 에피쿠로스는 "자연의 목적에 따라 평가한다면 가난은 큰 부富이다. 반면 무제한적인 부는 큰 가난이다"라고 했고, 송나라 때의 문장가인 구양수歐陽脩는 "시는 곤궁한 다음에 쓸 수 있다"고 말했습니다.

세상 사람 모두가 피하고 싶어 하는 가난을 가지고 문학으로 승화시킨 작가들은 정말 매력적입니다. 그렇기에 자신을 온전히 담은 글을 읽는 것은 매력적인 한 사람을 만나는 것과 같습니다. 오늘도 나는 새로운 만남을 찾아 이 책 저 책을 뒤져보고 있습니다.

# 자유롭고 변덕스러우며 경쾌한 고독을 선택하라

니체의 『선악의 저편』 중에서

다시 저녁입니다. 어제저녁에는 비바람이 불더니 오늘 저녁은 바람 한 점 없는 잔잔한 호수 같습니다. 이렇게 아무 소리도 들리지 않는 저녁에는 내 마음 깊은 곳으로 들어갈 수 있습니다. 그리고 진정한 나 자신과 만나게 됩니다. 조용함이 온 천지를 주관하는 이런 때에 비로소 진정한 글이 써집니다. 그렇기에 수많은 작가들이 저녁에 대해 많은 글을 남겼습니다.

이상하게도 심오한 깊이를 지닌 저녁이 우리 같은 사람들이 그토록 그리워하는 저녁인지도 모릅니다. 물론 그런 저녁의 위험성을 인정하지 않는 것은 아닙니다. 그런 저녁들은 내면적으로 우리의 정신을 가장 풍요롭게 촉진시키는 저녁이면서도, 우리들의 맑은 정신을 가장 많이 빼앗아가는 시간인지도 모릅니다. 거기에서 빠져 나오자면 창조하는 길 이외에는 출구가 없습니다.

라이너 마리아 릴케가 리자 하이제 부인에게 쓴 편지의 일부분입니다. 그는 고요한 저녁 시간에 고양된 정신과 만날 수 있다고 말하고 있습니다. 그러나 반대로 맑은 정신을 빼앗아간다고도 말하고 있습니다.

저녁이라는 시간이 그렇습니다. 조용하고 한가해서 사색의 바다에 쉽게 잠길 수 있지만 반대로 왠지 모르게 마음이 들떠 정신이 부산스러워지기도 합니다. 이렇게 양면성이 있는 저녁 시간에 대해 독일의 철학자 니체는 뭐라고 말했을까요?

나의 정원을, 황금의 격자 울타리가 있는 정원을 잊지 말라! 또는 하루가 이미 추억이 되어버린 저녁 무렵, 물위를 흐르는 음악 같은 사람이 그대들의 주위에 있도록 하라. 멋진 고독을, 어떤 의미에서 스스로에게 여전히 잘 사는 권리를 부여하는 자유롭고 변덕스러우며 경쾌한 고독을 선택하라.

니체의 『선악의 저편』에 실린 글입니다. 그는 저녁 시간만이 줄 수 있는 멋진 고독에 대해 말하고 있습니다. 우리는 저녁이 되면 고독에 젖어 이미 추억이 돼버린 오늘 하루를 되짚어봅니다. 그렇게 이런저런 생각을 하다 보면 늦은 저녁까지 잠 못 이루는 때도 있습니다. 지난 세월 속에 잊힌 추억들이 주마등처럼 떠올라 잠은 자꾸 달아납니다. 그리고 함께 추억을 나누었던 사람들이 떠오릅니다. 소중한 기억들을 다시 만날 수 있게 해준 고독이 새삼 고맙게 느껴집니다.

# 사람은 내일을 기다리다 그 내일엔 묘지로 간다

러시아 속담 중에서

"사람은 내일을 기다리다 그 내일엔 묘지로 간다"는 러시아 속
담이 있습니다. 그 말처럼 우리에게 주어진 것은 지금뿐이고 내일
은 없습니다. 그렇기 때문에 오지 않을 내일을 기다리지 말고 지금
을 살아야 합니다. 다음은 러시아 소설가이자 시인인 이반 투르게
네프가 쓴 「내일, 내일만은」이라는 시입니다.

지나가버린 거의 모든 하루하루가
왜 이다지도 공허하고 무기력하고 무의미한 것일까!
그가 남긴 발자취는 왜 이다지도 초라하기만 할까!
그 한 시간 한 시간이 얼마나 무의미하게 헛되이 지나가버렸
는가?
그런데도 사람은 살기를 원한다.
삶을 소중히 여기며, 삶이 자기 자신의 미래에 희망을 건다.
오오, 그는 어떠한 행복을 미래에 거는 것일까!

그러나 왜 인간은 앞으로 다가올 날들이

방금 지나가버린 날들과 같지 않을 것이라고 상상하는 것일

까?

그렇다. 인간은 그런 것을 상상하지 않는다.

인간은 원래 사고하기를 좋아하지 않는다. 그것은 잘하는 일

이다.

"자 내일은, 내일만은!" 하고 인간은 자기 자신을 위로한다.

이 '내일'이 그를 무덤으로 데려다줄 그날까지

그리고 일단 무덤에 눕고 나면 하는 수 없이

사고思考도 끝나고 마는 것이다.


여기에는 내일에 대한 생각 때문에 오늘을 제대로 살지 못하는 인간의 슬픔이 잘 담겨 있습니다. 현재라는 시간은 강물처럼 가고 다시 되돌아오지 않습니다. 이 사실을 알면서도 인간은 현재의 소중함을 모른 채 황금빛 미래만을 꿈꿉니다. 오늘을 잘 살아야 미래가 달라진다는 것을 잊은 듯합니다.

시간의 흐름 속에 변하지 않는 것은 아무것도 없습니다. 나도 변하고 그대도 변하고 세상도 변합니다. 그리고 결국 우리는 모두 왔던 곳으로 되돌아가야 합니다. 머뭇거릴 시간이 없는 우리네 인생, 지금 이 순간을 잘 살아야 할 이유입니다.

## 삶을 알면 죽음을 알고,
## 죽음을 알면 돌아간다는 것을
## 알게 될 것이다

김대현의 『술몽쇄언』 중에서

　세상 사람들 중 어떤 사람은 삶을 참이라 하고, 죽음을 환상幻想
이라고 한다. 어떤 사람은 사는 것은 잠깐 붙어 있는 것이고, 죽
은 것은 본래 있던 자리로 돌아가는 것이라고 한다.

　죽음을 환상이라고 한다면, 죽음이란 살아 있는 사람의 꿈일
것이며, 사는 것은 잠깐 붙어 있는 것이라고 하면, 산다는 것은
죽은 사람의 꿈일 것이다.

　대체로 살아서 깨지 못하면 그 삶은 참이 아니고, 죽어서 깸
이 없다면 그 죽음은 제자리로 돌아간 것이 아닐 것이다. 삶을
알면 죽음을 알고, 죽음을 알면 돌아간다는 것을 알게 될 것이
다. 돌아간다는 것을 아는 자는 생사生死의 꿈 밖에 뛰어난 사람
이다.

　김대현의 『술몽쇄언述夢瑣言』에 실린 글입니다. 요즘 나는 진득하
게 어디 한 군데 붙어 있질 못하고 매일 떠돌아다니고 있습니다.

한강에서 낙동강으로, 전주에서 대전으로, 대전에서 안동으로, 이리 가고 저리 가는 나날의 연속입니다. 문득 차 속에서 '이곳이 집인가' 하며 깨고, 집에서 '이곳이 차 속인가' 하며 일어납니다.

한마디로 시공간 개념이 희미해진 채로 살아가고 있습니다. 그러다 보니 어떤 때에는 내 삶이 꿈인지, 꿈이 내 삶인지 헷갈릴 때도 있습니다. 그래도 내가 가장 확실하게 아는 것은 언젠가는 나도 원래 있던 곳으로 되돌아갈 것이라는 것, 곧 죽음에 이르게 될 것이라는 사실입니다. 문득 열자의 말이 떠오릅니다.

세상에서 죽은 사람을 돌아간 사람이라고 말한다. 죽은 사람이 돌아간 사람이라면 살아 있는 사람은 길 가는 사람이 된다. 길 가는 사람이 돌아갈 줄 모른다면 이는 길을 잃고 방황하는 것이다. 그런데 한 사람만 집을 잃고 방황한다면 온 세상이 그르다 비난할 텐데 온 세상 사람이 집을 잃고 방황하고 있으니 아무도 그른 줄을 모른다.

산다는 것은 왔던 곳으로 돌아가기 위한 연습일지도 모릅니다. 공부를 게을리하지 말고 돌아가는 것을 배우고 또 배워서 아무런 망설임도 없이 돌아가는 그날을 기다리는 것이야말로 진실한 삶의 자세가 아닐까요.

## 영원히 볼 수 있는 유일한 방법은
## 누군가를 사랑하는 일이다

버니 시걸의 말에서

조선 중기 때 사람으로 백광훈, 그리고 허균의 스승이었던 손곡 이달과 함께 삼당시인으로 알려졌으며, 율곡 이이, 송익필, 이산해와 함께 8문장으로 불리었던 고죽 최경창이라는 시인이 있었습니다. 그는 서화에도 뛰어났고 특히 피리를 잘 불었습니다. 그는 당시의 이념이었던 주자학의 규범에 얽매이기를 거부했던 사람입니다. 그가 백광훈이 지은「관서별곡」을 듣고「관서별곡을 들으며」라는 시를 지었습니다.

금수산 꽃 안개
예런 듯 곱고

능라도 향기풀
한창 봄인데

선랑은 한번 가고
소식 없으니

눈물도 흥건코야

   최경창은 그 뒤 북평사로 재임하던 중 경성의 관기였던 홍랑洪浪과 사랑에 빠졌습니다. 최경창이 임기를 마친 후 서울로 돌아가게 되자 영흥까지 배웅하러 온 홍랑은 날 저물고 비 내리는 함관령 고갯마루에서 시조 한 수를 지었습니다.

멧 버들 가려 꺾어 보내노라 님의 손에
자시는 창 밖에 심어두고 보소서
밤비에 새 잎 곧 나거든 날인가도 여기소서

   홍랑은 그 뒤 최경창이 병석에 있다는 소식을 듣고 이레를 걸어 서울로 상경 병간호를 했으며 경성 객관에서 최경창이 객사를 한 뒤 따라가 그의 묘를 지키며 3년 시묘를 했다고 합니다. 그의 숭고한 사랑을 알고 있던 최씨 문중에서도 파주 교하에 있는 최경창의 무덤 옆에 홍랑을 묻었습니다.
   날씨가 추워서 그런지 이토록 아름다운 사랑 이야기가 더욱 그리워집니다. "깜빡 사랑, 영 이별"이라는 말이 유행하고, 이용할 가치가 없으면 인연을 무 자르듯 끊어버리는 오늘의 이 세태가 괜스레 부끄러워집니다. "영원히 볼 수 있는 유일한 방법은 누군가를 사랑하는 일이다. 그때 그 영혼은 죽음을 뛰어넘어 자기 내면의 불멸성에 한 걸음 다가가기 때문이다"라는 말한 버니 시걸Bernie Siegel이 떠오르는 겨울밤입니다.

## 이 세상의 악은 사람이 물살의 흐름처럼
## 선으로 향할 수 있도록 도와주기 위해 존재한다

타고르의 글에서

세상에서 "선한 사람은 복이 박하다"고 하였는데, 이것은 몸이 곤궁하고 집이 가난하며, 자손이 적거나 혹 끊어짐을 말하는 것이다. 선하지 못한 사람은 이것에 반대된다. 나의 생각에는, 하늘이 사람에 대해, 비록 군자를 특별히 후대하지는 못할망정 무슨 마음으로 구태여 재앙을 입히겠느냐는 것이 매양 자취를 찾아서 살핀다면 모두 가난이 빌미가 되는 것이다.

선한 사람은 벼슬을 구차하게 구하지 않고 재물을 구차하게 얻으려 하지 않으며, 남과 경쟁하는 것을 수치로 여기고, 남에게 베푸는 일에 힘쓰니, 어찌 부유해질 수 있으랴, 그 지키는 것은 도의道義요, 그 업業으로 하는 것은 문자文字에서 벗어나지 않는다. 일마다 세속에서 숭상하는 것과 상반되니, 그 가난함이 진실로 마땅한 것이다. 또 세상에는 덕을 숭상하는 풍속이 없으니, 양보하고 물러설 수밖에 없다. 처지가 궁하고 집안이 빈곤하니 자제가 학업에 힘쓸 수 없다.

향당鄕黨에서는 그 덕행을 찬양하여 드러내주려 하지 않고, 횡역橫逆에서 벗어날 수 없으며, 질병에서 구제될 수 없다. 형용이 초췌해질 뿐 아니라 풍류의 기상이 완전히 사라지고, 남들이 비웃고 나무랄 뿐 아니라 자신의 몸가짐이 또한 비루하고 절도節度가 없음을 면치 못한다.

따라서 침체되어 일어나지 못하고 이리저리 굴러다니며 방황하여, 생활이 정해진 방향이 없게 된다. 이 어찌 가난이 그 동기가 되는 것이 아니겠는가? 이른바, "선한 사람에게 복이 오고, 악한 사람에게 재앙이 온다"는 말이 다시 그 흔적을 찾아볼 수 없다. 아아, 이것 또한 천명인가?

그러나 선비의 힘쓸 것은 여섯 가지 참는 데에 있다. 굶주림을 참아야 하고, 추위를 참아야 하고, 수고로움을 참아야 하고, 몸이 곤궁함을 참아야 하고, 노여움을 참아야 하며, 부러워짐을 참아야 한다. 참아서 이것을 편안히 여기는 경지에 이른다면 위로 하늘에 부끄럽지 않고, 아래로 양심에 부끄럽지 않을 것이다.

성호 이익이 지은 『성호사설』 제17권 「인사문」에 실린 글입니다. 성호 선생의 말처럼 예나 지금이나 세상의 이치는 같습니다. 대부분의 선한 사람들은 지금도 삶이 곤궁합니다. 성호 선생의 말대로, 선한 사람은 하는 일마다 세상을 편하게 살아가는 것하고는 다른 자세를 견지하고 살아가고 있으니 그런 사람이 언제 부자가 되겠습니까?

"악한 사람은 흥하고 선한 사람은 망한다" 또는 "못된 나무에 열매가 더 많다"는 말이 있듯이 세상을 선하게 살아간다는 것은 그만큼 어렵습니다. 하지만 프랑스의 소설가 아나톨 프랑스는 "악이 없으면 선도 없다. 선과 악은 파헤쳐보면 서로 상통하는 점이 있다"고 했으며, 인도의 시성 타고르도 그가 쓴 글에서 이와 비슷한 의견을 개진했습니다.

악은 강물 옆에 존재하는 언덕과 같다. 언덕은 물살의 흐름을 막아주지만 또한 그 물살의 힘을 강하게 만들어준다. 이 세상의 악은 사람이 물살의 흐름처럼 선으로 향할 수 있도록 도와주기 위해 존재한다.

이렇게 생각하다 보면 악도 세상에 필요한 존재인가 봅니다. 악한 것이 오히려 선한 것을 돕는다고 하니, 악한 것에 매달릴 필요 없이 자신이 생각하는 선한 길을 걸어가는 것이 좋을 것 같습니다. 나머지는 하늘에서 도울 것입니다.

# 나를 비우고 인생의 강을 흘러가라

시낭자의 글에서

부안 격포에서 고사포 해수욕장으로 가던 길, 바다에 떠 있던 솔섬이 아직 잎이 피지 않은 나뭇가지 사이로 보이고, 그 사이를 스치고 지나가던 배 한 척이 있었습니다. 그 장면은 마치 한 폭의 그림과 같았습니다. 너무 아득하고 아름다워 한참을 바라보고 서 있었습니다.

배로 강을 건너는데 빈 배 하나가 떠내려 오다가 그 배에 부딪쳤습니다. 그 사람은 성질이 급한 사람이지만 화를 내지 않았습니다. 그런데 떠내려 오던 배에 사람이 타고 있으면 당장 소리치며 비켜가지 못하겠느냐고 합니다.

한 번 소리쳐서 듣지 못하면 다시 소리치고, 그래도 듣지 못하면 결국 세 번째 소리치는데, 그땐 반드시 욕설이 따르게 마련입니다. 처음에는 화를 내지 않다가 지금 와서 화를 내는 것은 처음에는 배가 비어 있었고, 지금은 배가 채워져 있기 때문입니다. 사람들이 모두 자기를 비우고 인생의 강을 흘러간다면 누가 능히 그를 해<sup>害</sup>하겠습니까?

이 글은 시남자市南子가 '나를 비우고 인생의 강을 흘러가라'고 노나라 임금에게 충고한 이야기입니다. 우리들은 동시대를 살아가면서도 서로에게 너무나 무관심합니다. 그리고 이런저런 이유로 다투고 경쟁하기 바쁩니다. 하지만 강물이 모였다가 흩어지고, 흩어졌다가 다시 모이는 것처럼 인연은 어디서 다시 이어질지 아무도 모릅니다. 언제 어디서 다시 만날지 모를 우리에겐 강물처럼 넓은 마음으로 상대방을 받아들이는 지혜가 필요합니다.

## 고상하다는 것이 무엇입니까?
## 그것은 스스로를 꾸미지 않는다는 것입니다

장 그르니에의 말에서

어린 시절부터 가슴에 품고 살았던 꿈 중에 한 가지가 '고상하게' 살고 싶다는 것이었습니다. 그렇다면 어떻게 사는 것이 고상하게 사는 것일까요? 국어사전에는 고상함을 이렇게 정의 내리고 있습니다. "지조가 높고 깨끗하며 몸가짐이 점잖고 맑아 속된 것에 굽히거나 휩쓸리지 아니함.", "학문이나 예술 같은 것이 정도가 높고 깊어 저속하지 아니함."

나는 고상하게 살기 위해 삿된 노래를 부르지 않았고, 삿된 장소도 되도록 가지 않았습니다. "무명의 인간들 속에 매몰되어 자기 자신을 상실하고 있는 상태로부터 속히 되돌아올 수 있도록"이라고 말한 데카르트의 말을 금과옥조처럼 여기며 살았던 것입니다. 그러다 보니 세상의 한 단면만 보는 벽창호처럼 살지 않았는가 하는 자괴감에 사로잡힐 때가 있습니다. 그리고 가끔씩은 너무 닫힌 삶을 살았구나 하고 후회도 합니다.

프랑스의 산문 작가인 장 그르니에는 이렇게 말했습니다. "고상하다는 것이 무엇입니까? 그것은 스스로를 꾸미지 않는다는 것입니다." 나는 이 말에 십분 동조합니다. 이 말을 풀어보면 있는 그대로가 아름답다는 뜻일 것입니다. 하지만 사람들은 학력을 꾸미고 얼굴과 몸을 꾸미고 경력까지 꾸미다가 망신을 당하기도 합니다.

혼자 고상하게 사느니 사람들과 함께 걸어 나가라. 주위 사람들이 모두 미쳤다면 같이 미치는 게 마음 편하다. 자기 혼자 세상에 정면으로 맞서는 사람은 남들에게 이상한 사람으로 보이기 쉽다. 중요한 것은 세상의 흐름에 맞추어 물 흐르듯 사는 것이다. 그러므로 때로는 지혜가 없거나 또는 그런 척하는 사람이 가장 지혜로운 사람이다.

신에 버금갈 만큼 뛰어난 인간이나 야만인이 아니고는 결코 혼자서 살아갈 수 없다. 또 혼자만 어리석은 사람이라고 손가락질을 받기보다는 대중과 더불어 총명하게 살아가는 것이 편한 행동이다.

이 세상에 현자처럼 고고하게 살아가는 듯 보이지만 알고 보면 엉뚱한 망상에 사로잡힌 바보 같은 사람들이 많다. 고고함을 버리고 사람들과 발맞춰 걸어라.

쇼펜하우어의 『세상을 보는 지혜』 중 「나를 만들어가는 지혜」

에 실린 글입니다. 쇼펜하우어는 고고함을 버리고 사람들과 함께 걸어가라고 말하고 있습니다. 하지만 내 마음 속에는 두 가지 내가 있습니다. 쓸쓸하더라도 혼자 걸어가고 싶어 하는 나와 세상 사람들과 함께 부딪히며 살아가고 싶은 내가 있습니다. 과연 어떤 것이 더 좋은 걸까요? 인생에는 정답이 없기에 그 누구도 답을 말해줄 수 없을 것입니다. 결국 직접 살아보는 수밖에 없습니다.

# 사람을 알려면 그 사람의 벽壁을 보면 된다

김수영의 『벽』 중에서

우리 집 여편네의 경우를 보니까, 여자는 한 40년이 되니까 본색이 드러난다. 이것을 알아내는 데 근 20년이 걸린 셈이다. 오랜 시간이다. 한 사람을 가장 가까이 살을 대가며 관찰을 해서 알게 되기까지 이만 한 시간이 필요하다는 것을 생각하니 여자의 화장의 본능이 얼마나 뿌리 깊고 지독한 것인가에 어안이 벙벙해진다.

헤세의 『향수』라는 소설에 나오는 꼽추모양으로, 사람을 알려면 별로 많은 사람을 사귈 필요가 없다. 나의 경우에는 여편네 하나로 족한 것 같은 생각조차도 든다. 사람을 알려면 그 사람의 벽壁을 보면 된다. '벽'이란 한계점이다. 고치려야 고칠 수 없는 막다른 골목이다. 숙명이다. 이 '벽'에 한두 번이나 열 번 스무 번이 아니라 수없이 부딪치는 동안에 내 딴에는 인간 전체에 대한 체념이랄까 그런 것이 생긴다. 그래서 나도 소크라테스의 말대로 본의 아닌 철학자가 된 것이다.

속은 것은 성품만이 아니다. 육체에 대해서도 속았다. 그녀의 발가락을 보면 네 번째 발가락이 세 번째 발가락보다 더 길고 크다. 이것을 젊었을 때는 보면서도 보지 못한 흠점이다.

그런데 이런 벽은 여편네에서만 그치는 것이 아니다. 너무도 당연한 일이면서도 너무도 불행한 일로는, 자식에게까지 물려지는 것이다. 큰 놈은 발가락은 제 어미를 닮지 않았는데 성미는 닮은 데가 많다. ……

여편네가 머리를 빗고 나간 자리에는, 그렇게 말을 하는데도, 아직도 기다란 머리카락이 여기저기 떨어져 있고, 비닐 방바닥에 떨어진 머리카락을 축축한 걸레로 훔쳐낼라치면, 방바닥에 필사적으로 달라붙어서 움직이지 않는 폼이 자개장에 박힌 자개를 떼어내기보다 더 어렵다. 나중에는 걸레로 떼려다 못해 손가락으로 떼어보려고 하지만 미끈거리는 비닐장판에 붙은 머리카락이 손톱으로 쥐어 잡힐 리가 없다. 쥐어도 안 집히고, 쥐어도 안 잡히고, 쥐어도, 쥐어도 안 잡힌다. 벽이다. 이렇게 되면 화를 내는 편만 손해 본다. 그래도 눈앞이 캄캄해지도록 화가 날 때가 많다. 이것도 또 나의 벽이다.

둘째 놈은 제 어멈의 희미한 성격은 안 닮았는데, 발은 어멈 발하고 똑같다. 그래서 나는 어멈의 발을 보기 싫게 보지 않으려고 둘째 놈의 발에 자주 입을 맞춰본다. "네 발을 예쁘게 보

면 어멈 발도 예쁘게 보이겠지. 네 발을 예쁘게 보기 위해서 어
멈 발을 예쁘게 보아야지. 어멈 발을 예쁘게 보면 네 발도 예쁘
겠지"라고.


김수영 시인의『벽』이라는 글의 일부분입니다. 그가 타계한 지
40주년이 되고 내가 그의 시를 처음 읽은 것도 35년이 넘었는데도
나는 가끔씩 그의 시와 산문집을 펼쳐서 읽곤 합니다.

우리나라의 시인 중에서 가장 시인다운 모습을 지녔던 김수영,
그 역시 시대와의 불화 속에서 홀로 외로운 길을 가다가 어느 날
불의의 사고로 사라졌습니다.

그런 김수영 시인이 그의 아내를 여편네라고 호칭하며 숙명적
인 벽에 대해 쓴 글을 보며 내게 있는 벽과 나로 인하여 생긴 벽 또
한 있으리라 여기고, 벽을 바라보며 벽을 생각합니다.

벽, 나와 그대 사이에도 그 벽은 존재할 것입니다. 숙명적인 그
벽, 다시는 넘어설 수 없는 그 벽은 실상 크거나 높지도 않고 사소
한 것일 수도 있습니다. 나도 그대도 모르는 그 벽의 실체가 과연
있는 것인지, 있다면 그 벽이 언제까지 견고히 우리 앞에 서 있을
것인지, 아니면 모래성이 허물어지듯 그렇게 무너질 날이 있을 것
인지는 아무도 알 수 없습니다. 그러나 그 벽을 나쁘게만 바라보지
말고, 그 사람의 개성으로 받아들인다면 벽은 더 이상 인간관계의

장애물이 되지 않을 것입니다. 오히려 벽이 그 사람의 진정한 모습
으로 통하게 되는 문이 되지 않을까요?

**내가 사는 것은 다만**

**잃은 길을 찾는 까닭입니다**

윤동주의 「길」 중에서


잃어버렸습니다.

무얼 어디다 잃었는지 몰라

두 손이 주머니를 더듬다

길에 나아갑니다.


돌과 돌과 돌이 끝없이 연달아

길은 돌담을 끼고 돌아갑니다.


담은 쇠문을 굳게 닫아

길 우에 긴 그림자를 드리우고


길은 아침에서 저녁으로

저녁에서 아침으로 통했습니다.

돌담을 더듬어 눈물짓다

쳐다보면 하늘은 부끄럽게 푸릅니다.


풀 한 포기 없는 이 길을 걷는 것은

담 저쪽에 내가 있는 까닭이고


내가 사는 것은 다만

잃은 길을 찾는 까닭입니다.


　윤동주의 시 「길」입니다. 어떤 날에는 내가 걸어온 길이 안개 속처럼 아스라이 떠오를 때가 있습니다. 그리고 그런 날에는 앞으로 내가 걸어가야 할 길이 칠흑같이 느껴집니다. 우리의 인생길은 어디에서 시작되어 어디로 흘러가는 것일까요? 우리는 태어날 때부터 길을 잃는 것인지도 모릅니다. 그래서 마지막 죽는 날까지 길을 찾아 헤매는 것인지 모릅니다. 홀로 길을 찾기에는 너무 외롭습니다. 그렇기에 그 길을 함께 걸어갈 우리라는 이름을 가지고 싶을 때가 많습니다. '우리'라는 이름에 걸맞게 가끔씩 서로 기대고 부축하며 살아가고 싶습니다.

　지금 내 앞에는 푸른 벼 이삭이 일렁거리고 있습니다. 문득 눈물이 고인 까닭입니다. 길 잃은 꼬마 아이처럼, 나 자신에 대한 연민이 깊어집니다. 그러나 이대로 멈출 수는 없습니다. 삶이라는 길에서 아무리 힘들어도 도중에 그만두지는 않을 것입니다. 다시 한 번 신발 끈을 단단히 묶고 길을 찾아 걸어가야겠습니다. 이제 나는 다시 길 위에 서 있습니다.

## 이 책에 언급된 책들

『고독한 산책자의 몽상』장 자크 루소 지음, 염기용 옮김, 범우사, 1983

『괴테와의 대화』요한 페터 에커만 지음, 곽복록 옮김, 동서문화사, 2007

『그리스인 조르바』니코스 카잔차키스 지음, 이윤기 옮김, 고려원, 1983

『나는 별 아저씨』정현종 지음, 문학과지성사, 1978

『네 가지 질문』바이런 케이티, 스티븐 미첼 공저, 김윤 옮김, 침묵의향기, 2003

『단순한 기쁨』피에르 신부 지음, 백선희 옮김, 마음산책, 2001

『벽』김수영 지음, 민음사, 1981

『선악의 저편』니체 지음, 김훈 옮김, 청하, 1982

『설원』유향 지음, 임동석 옮김, 동문선, 1996

『소네트』셰익스피어 지음, 정종화 옮김, 민음사, 1975

『소로우의 일기』헨리 데이비드 소로우 지음, 윤규상 옮김, 도솔, 1996

『순오지』홍만종 지음, 전구태 옮김, 범우사, 1994

『술몽쇄언』김대현 지음, 남만성 옮김, 을유문화사, 2004

『시계 밖의 시간』제이 그리피스 지음, 박영희 옮김, 당대, 2002

『역사』헤로도토스 지음, 박광순 옮김, 범우사, 1987

『열자(列子)』김학주 옮김, 을유문화사, 2000

『오마르 하이얌의 루바이야트』피츠제랄드 편역, 민음사, 1975

『잃어버린 시간을 찾아서』마르셀 프루스트 지음, 김인환 옮김, 학원세계문학, 1984

『잠 못 이루는 밤을 위하여/행복론』카를 힐티 지음, 곽복록 옮김, 동서문화사, 2007

『즐거운 지식』니체 지음, 권영숙 옮김, 청하, 1989

『카라마조프 가의 형제들』도스토옙스키 지음, 이대우 옮김, 열린책들, 2000

『카프카와의 대화』구스타프 야누흐 지음, 편영수 옮김, 문학과지성사, 2007

『팡세』파스칼 지음, 이환 옮김, 민음사, 2003

『푸른 꽃』노발리스 지음, 김재혁 옮김, 민음사, 2003

『풀잎』W. 휘트먼 지음, 유종호 옮김, 민음사, 1995